講談社文庫

別れてよかった

〈新装版〉

内館牧子

講談社

別れてよかった

目次

Ｉ ❇恋

II　男たちと

III　女たちと

Ⅳ ✤シネマ

V ＊あの頃

VI　転機

はじめに

ある晩、私は担当編集者の作田良次さんに言ったのです。

「本のタイトルだけど、『別れてよかった』というのにしない？」

作田さんは、

「ええッ!?」

と言ったきり、しばらく絶句しました。やがて、あわてて手を振りました。

「そんなのダメです。そんなの強がってるみたいだし、ヤケになってるみたいだし、第一、可愛くないですよ。ダメです」

私はなおも頑張ったのですが、結局、もっとロマンチックなタイトルを考え、それで合意したのです。すると、十日ほどたったある日、作田さんから電話がきました。

「内館さん、あれからずっと『別れてよかった』というタイトルが、僕の頭から離れないんですよ。改めてこの本の全文を読み返してみたら、やっぱり『別れてよかった』というタイトルしかないなって、そう思い始めてるんです。そうしましょう」

私は「しめしめ！」と思いました。というのも、私は最初から「強がって、ヤケになって、可愛くない女たち」に向けて、この本をつくりたかったのです。好きな人と別れるということは、女たちをそんな気持ちにするものです。逆にいえば、そんな気持ちにならないと、「別れ」に際して自分を支えきれないのです。

「フン、あんなヤツと別れてよかった。次はもっといい恋をして、あんなヤツのことなんか笑ってやるわ」

別れた夜には、こんなことを自分に言うものです。そして、それが単なる強がりで、ヤケで、本当は生きているのがイヤになるくらい悲しんでいることを、自分でわかっています。でも、何とかして立ち上がるためには「フン、あんなヤツと別れてよかった」と思うしかない。そして、別れたヤツの悪いところをひとつひとつ数えあげては、また「ああ、別れてよかった」と自分に言いきかせるわけです。

私はそんな夜に、この本を読んでいただけると嬉しいなァと思います。もちろん、すぐに元気になれるわけではありませんし、この本が特効薬の役目を果たせるなどという自惚《うぬぼ》れもありません。

ただ、私自身が幾度となく、

「フン、別れてよかった」

と思って生きてきただけに、そんな夜にどのページからでも読める本をつくりたかったのです。もしも、あなたがこの本を読み、「そうか、こんな男もいるのね」とか「明日は女友達に会ってみようかな」とか思って下さったら、私はとても嬉しく思います。

そして、「この映画は観てないから、ビデオを借りてこよう」と思ったり、両親のことや、あなた自身の幼い頃を思い出したり、そんなことをこの本が引き出してくれたなら、私はすごく幸せです。この本をつくった甲斐《かい》があるというものです。

別れるということは、独りぼっちの時間がふえるということです。その時間は間違いなく、間違いなく、次の恋への潜伏期間なのだと私は思っています。

今まで彼にだけとられていた時間を、友達や映画を観ることや、遠い昔を思い出すために使うことは、きっと女を優しくすると思えてなりません。潜伏期間を終えた時、別れた彼に「別れなきゃよかった」と言わせるような、そんな女になるのって何だかときめくことですものね。

東京・赤坂の仕事場にて

内館　牧子

平成八年一〇月

一　恋

男運

「男運のいい女」とは、「男にドキドキハラハラヒヤヒヤさせられている女」である。

とかく世間では「男運がいい女」というと玉の輿結婚した女のことを言ったり、いいスポンサーを見つけてのし上がった女のことばかりをいう。また、お金もなく顔もよくない男であっても、一緒にいて安らぐ相手とめぐりあった女のことも、やはり「男運がいい」とうらやましがる。むろん、これらは文句なしに「男運がいい」ことである。

しかし、私は「男運が悪い」ことも「男運がいい」ことだと思うのである。

世間では、男にだまされたり、捨てられたり、貢がされたりする女を「男運の悪い女」と言うが、これとて「男運がいい女」だからこそ味わえるのだと思う。男に貢いだあげくの借金地獄や、親も仕事も投げうって駆け落ちした果てに捨てられたり……。こんなことはごく恵まれた女しか経験できない。男とそこまでスリリングに関わりあうことは、一般凡人にはそうそうないのである。

当然、「そんなもののどこが『男運がいい女』なのよ。だまされたり捨てられたりは、やっぱり運が悪いのよ」と怒る人もあろう。

が、「男運」がいいとか悪いとかは、大人の女にだけ与えられる言葉である。高校生までの女の子には、厳密には与えられない言葉である。ということは、だまされるのも貢ぐのも、すべて大人の女が自分で選択して行動を起こした結果なのである。つまり、成熟した男女の関係というのはゲームである。どんな結果であれ、男と関わって、ドキドキハラハラヒヤヒヤさせられることは、非常に幸せなことなのではないだろうか。

私が考える「本当に男運の悪い女」とは男との関わりがまるでない女である。世の中には、男といえば父親と兄弟しか知らない女がいる。これは本当に相当数いる。父親と兄弟だけでなくとも、偶然に会ってお茶を飲むだけの元同級生の男しかいなかったり、いつも男からの恋の相談役として扱われたり、友達以上の扱いは受けなかったり、そういう女というのはかなり多い。これこそ、最も「男運の悪い女」だと私は思っている。

こんな女たちは、一度でいいから男にだまされたり、貢いだりするほどの関わりを持ちたいと、内心では思っているだろう。しかし、そんなことは夢のまた夢であり、自分で自分を慰めるのである。

「平穏無事というのが一番幸せなのよ。私はこれでいいのよ」が、可もなく不可もない日々の連続ほどつらいものはない。それも彼女たちは十分にわかっている。

「男運のいい女」になるには、生きていることを面白がるに尽きる。男から幸せをもらうことだけを「男運のよさ」と思っているから、自由に動けない。男から不幸をもらうことも「男運のよさ」だと面白がってしまえば、短い人生は鮮やかな花になる。

「暴力をふるう男」と「法を犯せという男」、そして「死に至らしめる男」以外ならば、大人の女は何でも面白がって生きていけるものだと思うのである。

別れ方

恋愛における「別れ方」には、その女のセンスが全部出てしまう気がする。できることなら、きれいな別れ方をしたいと思う。当然、反論もあろう。

「きれいな別れなんてありっこないでしょ。ドロドロになるのが普通ってもんよ」

死ぬの生きるのとわめきちらして、アメリカ映画「危険な情事」のヒロインのように刃物を持ち出したあげくの別れも、それはそれで「きれいな別れ方」の一種だとは思う。そこまでやれば、やり終えた後の心は空洞のようなもの。涙や叫びは女の気持ちを浄化し、やがて少しずつ落ちつかせていく。それは確かに「きれいな別れ方」の極端なひとつと言えるかもしれない。

が、私個人の趣味からいくと、「きれいな別れ方」とは「追わない、すがらない、叫ばない」に尽きる。別れる時こそ内心の動揺を隠し、「江戸っ子のやせ我慢」でビシッと決めたいといつも思う。

だいたい、一度向こうを向いた男というものは、いくら追ってもすがっても戻っては来ないというのが私の持論である。そんな男にすがったり、刃物をつきつけたりするのは、女がバカに見えるだけである。「向こうを向いたな……」と感じたら、一度はきちんと二人で話し合う。その時に「やっぱりダメね……」と少しでも思ったら、サラリと手を引く。毎晩泣き明かそうと、絶対に追わない。電話もしないし、手紙も書かない。よく別れた男の悪口を言う人がいるが、それは女の価値を下げるだけである。

「私は好きだったんだけどね、みごとに振られちゃった。いい男だったのになァ」

と笑っている方がずっときれいである。

もちろん、これは口で言うほど簡単にできることではない。が、これこそ私にとっての「きれいな別れ方」であり、そうできたらいいと思っている。

「別れ」の後には必ず「明日」が待っている。恋人と別れたことで自由に使える一人の時間もふえる。メソメソと泣き続けているより、映画を観て、本を読んで、ショッピングをして、自分を磨く方がよほど「明日」は早くやってくる。

「江戸っ子のやせ我慢」はつらいが、試す価値はあると思っている。

都合のいい女

以前、フジテレビで『都合のいい女』というドラマを書いた。

これは、どうしても男と別れられない女の物語である。男の気持ちは女から離れ、別の女に向いているのに、別れられない。何とか振り返ってもらいたくて、男に尽くす。明け方まで電話につきあうし、深夜に訪ねてくればすぐに夜食をつくる。要求されればいつでも体を与えるし、借金の肩がわりまでする。彼女は信じこんでいるのである。

「尽くせば、必ず彼は私のところに戻る。尽くせば、愛の深さに気づいてくれるわ」

「都合のいい女」とは「男にとって都合のいい女」ということであり、こんなに便利な女を男は手放すわけがない。他の女とつきあいながら、困った時にはその女を利用する。それに気づきながらも、女は「尽くせば戻ってくる」と信じているのだから、悪循環の極みである。

私は世の中にこういう女が多いことに気づき、ドラマにした。簡単に言ってしまえば、

「男にとって都合のいい女とは、男をスパッと切れない女」

である。もっと簡単に言えば、

「男と別れられない女」

である。恋愛がうまくいかなくなった時、そういう女の思考は「何とか元に戻す」という方向にのみ働く。多くは「別れる」という方向には進まない。何とか元に戻すには、「尽くす」ことしか思い浮かばないものである。

私自身は、一度向こうを向いた男というものは、二度とこっちを向かないものだと信じている。尽くそうがすがろうが無駄だと思っている。私に対して情を失った男の顔色をうかがいながら、必死にご機嫌をとり結ぶのは、もはや「恋」とは言えない。そんなものは単なる「滅私奉公」である。

「恋」というものは、二人の気持ちが寄り添わなければならず、そうでなくなったら「別れる」のみである。

追わない。

すがらない。

叫ばない。

つらかろうと、やせ我慢しようと、私にとっての「別れのダンディズム」である。

そう言ったら、フジテレビのプロデューサーが笑った。

「内館さんこそ、都合のいい女だよ」

そしてつけ加えた。

「男にとって、後くされなく、騒ぎもせずにスパッと別れてくれる女ほど、都合のいい女っていないもンな」

くやしいが、これだから男は素敵だ。

別れ話

物ごとを考えるとき、私の中には「粋か、野暮か」という尺度がある。むろん色々な尺度の中のひとつではあるのだが、できることなら野暮な選択はしたくない。「粋」の地点までたどりつくことが難しいなら、せめて「ギリギリ、野暮ではない」ところまで何とかしたいと、あがく。

たとえば、男と女に別れ話が出たとする。女は未練たっぷりで、別れたくない。が、男にはすでに別の女がいる。こういう場合、女の取る態度には大きく二つのパターンが考えられる。ひとつは、「別れずにすむように、努力をする女」である。もうひとつは「サラリと別れる女」である。

努力をする場合、色々な形があって、泣いてすがって情に訴える女もいる。またどうして別れたいのか、自分のどこがいけないのかなどを、男ときっちりと話し合い、いい方法を考える女もいる。また、理屈は抜きで、プレゼント攻勢や尽くすことでつなぎとめようとする女もいる。現実にはこういう努力によって男女が元のサヤにおさまるケースも少なくないのだろう。

しかし私の尺度でいくと、これは野暮である。未練があろうが、死ぬほど愛していようが、私から去りたがっている男を追う気は私自身にはまったくない。なぜ別れたいのかなんぞをグダグダと問うに至っては、野暮の骨頂。別れたいと言われれば、

「あら、そ」

この三文字でビシッと切れるのが粋である。これが、私のめざすところである。が、これにはかなりのやせ我慢がいる。もうひと追いしておけば、元のサヤにおさまったかもしれないと後悔したり、もっと話し合うべきだったと思ったり、人知れず悩んだりもするわけである。

面白いことに、この「粋」ということに対する思いは、人によって全然違う。人によっては「あら、そ」の三文字で切れる女こそが野暮なんだという。それは単にプライドが高いだけであり、陰でイジイジと後悔しているのは大野暮というわけである。それよりもストレートに泣いてすがって、「捨てないで」と叫ぶ方がずっと粋ではないか、と言う人もいる。このあたりが、日本の精神文化におけるあいまいさの面白さである。だが、私自身における「粋」の尺度は、ただひとつ「粘らない」ことなのである。

今から二〇年以上も昔、私は当時の蔵前《くらまえ》国技館で大相撲を見ていた。時刻は朝一〇

時過ぎくらいで、土俵では序二段の力士たちの取り組みが進んでいた。もちろん、観客は、パラパラとしかおらず、照明も薄暗い。少年行司のカン高い声が、何故か館内を物悲しくさせていた。

その時である。白っぽい紬《つむぎ》のきものを着た女が、一人で客席に入ってきた。薄暗い館内にあって、その女は何だか闇に咲く夕顔のように見えた。

土俵では、まだ割り箸のように細い体の力士たちが取り組みを展開していたが、私は夕顔の女が気になってしかたがない。当時二五歳の私から見ると、女は四十代に見えた。若い女にはない色香をほんのりと匂わせ、女はひっそり座っている。歓声をあげるわけでもなく、拍手をするわけでもない。うっすらと笑みを浮かべ、どこか嬉しそうに朝の取り組みを見ているのだから、これは目立つ。

何よりも紬の着方が美しかった。その頃の私は着つけを習っており、きものにも興味があったのだが、本当に女は美しかった。やや粋な帯結びをして、まるで空気のようにきものをまとっていた。主婦には見えず、銀座のママにも見えず、演歌歌手にも日舞の師匠にも見えず、夕顔はとらえようのない匂いを発しながら、ほとんど動かない。

が、一〇分ほどした時、体が動いた。ふと見ると女は勝って花道を引き上げてくる若い力士の方に体を動かしている。「あッ」と思った。女は汗にぬれた若い力士の後肩に、一万円札を貼ったのである。力士はただ肩を叩《たた》かれただけと思ったのか、一万円札を貼りつけたまま、花道の奥へと消えていった。私は土俵上の次の一番を見て、もう一度女の方を向くと、もう彼女の姿はどこにもなかった。

人によっては、女のそんな行為は単に下品なだけだと言うかもしれぬ。しかし、贔《ひい》屓《き》の若い力士に対する、この「粘らない意識」は実に江戸前の粋だという気がした。どう考えてもこの女、男に泣いてすがって「捨てないで！」と叫ぶようには思えない。二五歳のあの頃の私にとって、四十代になるということは、そんな女になることであった。

女のセリフ――「私のこと好き？」

　私はこのところ、テレビドラマでずっとラブストーリーを書き続けていた。ＴＢＳ系の『想い出にかわるまで』『クリスマス・イヴ』『あしたがあるから』そして、ＮＴＶ系の『…ひとりでいいの』と続いている。

　どれもこれもかなりこみいった男女の恋模様であり、セリフも我ながら意地が悪いなァと思うものが出てくる。もちろん、私個人がドラマと同じような恋愛を実体験しているわけはない。それは視聴者の皆さんも十分におわかりなのだが、「でも……」というお手紙をたくさんいただく。

「でも……かなり実体験していないとあんなセリフは出てこないんじゃないでしょうか。それともいつも周囲の人々をネチっこく観察してドラマに役立てているのですか」

　私自身は、そんなにこみいった男女関係に身を焦がすような機会には恵まれていないし、ネチっこく観察するほどの根性もない。

　私の場合、ドラマの登場人物の性格をつくるとセリフが出やすくなる。

たとえばヨシ子という二五歳の女が登場するとき、彼女は明るい性格なのか暗いのか。しつこいのかさっぱりしているのか。困難にぶち当たったら逃げるタイプなのか立ち向かうタイプなのか。男を追うタイプなのかさり気なく気を引くタイプなのか。こうやって一人の登場人物に関し、一〇〇個も二〇〇個も項目をつくって性格を練りあげていく。

するとおもしろいことに、性格によって言えるセリフと言えないセリフがハッキリと出てくる。たとえば好きで好きでたまらない男に向かって、

「アナタは二番目に好きな人よ。一番になりたいと思ったらまず浮気性を直すこと。それから出直してらっしゃい」

そうピシャリと言い放ち、不覚にも目に涙を浮かべてしまう女というのもいる。一方、

「アナタが私以外にもいろんな人を好きというのは知ってるわ。それでもいいの。それでも私はアナタが一番好き」

そう柔らかく言って、微笑んでいる女というのもいる。同じ愛の告白でも性格によってこれだけセリフが違ってくる。

そんな中で、先日ふと気づいた。どんな性格であれ、恋愛の最中に女が一度は口に

するセリフがある。たぶん、読者の皆さんも大半の人が言った経験がおありだと思う。

「私のこと、好き？」

これである。ね、言ったことあるでしょ？　性格や状況や年齢によって、言う場所は違うと思う。電車の中でふざけたふりをして言う人もいるだろうし、電話を切る時に言う人もいるだろう。ベッドの中でなら言えるというタイプもいようし、「ンなもん、挨拶がわりに毎日言ってるわ」というタイプもいよう。どっちにしても、女は確認したさが半分、言葉の遊びでじゃれているのが半分である。

だいたいがこのセリフは恋愛のいい時期に言うことが多く、別れ話で血を見るような時期にはまず言わない。それだけに、男の返事というのも本当に決まりきっている。

「ああ、好きだよ」

「バカ。イチイチ聞くな」

「好きでなきゃ会わねえよ」

「あのなァ、男ってヤツは嫌いな女に電話なんかしねんだよ」

ほとんどがこのどれかに当てはまるか、あるいはそのバリエーションである。

ところが先日、新しいパターンを見た。喫茶店で私が人を待っていると、隣に高校生らしきカップルがいた。女の子がお決まりのセリフを言った。

「ねえ、アタシのこと好き?」

私はつい「来たぞ、来たぞ」とワクワクしてしまった。別に盗み聞く気はなかったのだが、狭い店でテーブルがくっついており、私はほとんどそのカップルと同席しているようなものなのである。すると男の子が答えた。

「……この頃ちょっと……。ごめん」

男の子の言い方はひどく真面目で、声のトーンも低い。女の子が身をかたくしたのが私にもわかった。男の子は言いにくそうに、つらそうにつけ加えた。

「いつか言わなきゃって思ってたんだけど……なかなか言い出せなくて……」

女の子は無理に陽気な声をあげた。

「ウソ。私好かれてるって知ってるもーん。ウソばーっか!」

男の子は黙って女の子を見ると、ポツンと一言だけ言った。

「ごめん……」

するとあ女の子は突然、ポタポタと涙をこぼし、涙がセーターにシミをつくった。あわてたのは男の子である。

「ウソだよ、ウソッ。好きだよ。わかってんだろ。ごめん。な、ごめん。好き！」

これを聞いた女の子はベーと舌を出した。

「バーカ。ウソ泣きだもんね！」

男の子は椅子にドーッともたれ、舌うちした。

「チクショー！　やってらンねえ」

やってらンねえのはこっちである。こんなに狭い店で、はた目も気にせず、まったくよくやってくれる。やがて二人は立ち上がった。立ち上がった時、男の子が優しく言った。

「お前、ウソ泣きじゃなかった」

女の子は答えず、笑って彼に腕をからめるとレジの方へと向かった。今度は私がドーッと椅子にもたれた。こんなに恋上手というか、かけ引きを楽しんでいる若い人を相手にドラマを書くのがいかに大変か。読者の皆さん、お察し下さい。

いずれにせよ、男の人が、

「ねえ、僕のこと、好き？」

とはあまり言わないのではなかろうか。となると、これは女の特権ともいえるセリフである。高校生カップルのように上手に使えば「恋のスパイス」になりうる。

ところが料理と同じで、スパイスを上手に使うのは実に難しい。一番まずいのは「使い過ぎ」である。スパイスにまひしてしまう。

デートのたびに、

「ねえ、私のこと好き?」

と聞かれれば、反射的に、

「オオ、好き好き」

と男の口が勝手に動く。そのうちに刺激を求めて他の女へ走ることも十分に考えられる。刺激剤であるはずのスパイスが何の刺激も持たなくなったら、こんなに情けないことはない。

もっと情けないのは、他を向き始めた男を追って、すがってなおも聞くこと。

「ねえ、ねえ、私のこと……好き?　ねえ」

気持ちはわかるがやめた方がいい。私には「一度他を向いた男は絶対に戻ってこない」という哲学がある。追ってもすがっても身を投げ出しても、絶対に戻ってこないものであると確信している。そんな時にスパイスを振りまくなんて、みっともないいとこ。

スパイスというのは「ここ一番に一振《ひとふ》り」が鉄則。

別を向いた男には塩でもまけ。

私は二度と会わない別れの時に、サラリと、

「私のこと好きだった？」

と聞いてみたいものだと思っている。そして彼が答えるより一瞬早く、

「私はアナタのこととても好きだった。じゃ、元気でね」

と微笑み、サッとタクシーを止めてみたいものだと思っている。しかし、これをサラリとやってのけるにはまだまだ修行が足りない。

男のセリフ――「何となく安らぐんだ」

今度は女から見た「男のちょっと気になるセリフ」。

男たちがよく使うセリフの中で、よく考えると全然意味がないのに女がついその気にさせられるものがある。

「君といると、何となく安らぐんだ」

これは典型的なそのひとつである。女たちの大半が一度は言われたことがあるはずであり、男たちの大半が一度は口にしたことがあるはずである。

でもよく考えると、「安らぐ」と言われたところで、これはほめ言葉なのかもよくわからない。

「君は美人だから好き」

「君は判断力があって、仕事ぶりを見ていて惚れた」

などというのとは全然違う。ところが女というものは『安らぐ』という言葉に弱い。わけのわからない言葉だということにさえ気づかず、すっかりその気にさせられる。

しかし、こんな型通りの言葉を吐く男にだまされてはいけない。中身のない言葉を型通りに言う男なんて、頭の中身も知れている。

と思いつつも、この『安らぐ』という言葉には、女を酔わせるエッセンスがみごとにつまっていることも事実。だから弱いのである。

①あいまいさがいい

女たちは心のどこかで「本当に好きになったら、具体的に冷静に好きな点なんてわからないものだと思うのよね」と思っていることが多い。このセリフは、この思いこみをうまく突いている。

つまり「何となく」とか「安らぐ」とかいうあいまいさが、逆に女には信じられるのである。もしも男たちが、

「君は話がつまんなくて、一緒にいるとつい安らいで眠くなるけど、頭のいい女よりは気楽で好きだよ」

と具体的に言ったらその場で振られるだろう。男たちはその辺をよくわかっているのである。

②女の母性本能を刺激する

『安らぐ』という言葉は母性本能をくすぐるのである。どんなにイケイケギャルにも母性は本能として神さまが備えてくれている。それだけに、男たちはこれをくすぐるのがうまい。『安らぐ』と言われると女たちはつい、

「いいのよ。つらい時は私の前でだけ思いっきり泣いていいのよ」

と言いたくなる。これは本能であるからどうしようもない。もしも男たちが、

「君って何となくお母さんみたい」

と具体的に言ったら、二度と会ってもらえなくなるだろう。男たちはその辺をよくわかっているのである。

③女心を刺激する

『安らぐ』という言葉は、「母性」と正反対の「女心」までもくすぐる珍しい言葉である。このセリフを言われると、レースのエプロンをつけて白いごはんを炊いて男を待ったりしたくなる。これは母性がそうさせるのではなく、彼にとって『可愛い女』でありたいという意識がそうさせるのである。健気《けなげ》で、でもどこか頼りない若妻の意識。白いごはんとエプロンで安らぎを与えたいと思いつつ、頼りなげで甘えん坊の可

愛さ。この二つが組み合わさった時こそが、男にとって女と共にいる安らぎなのだと、女たちはどこかで思っているのではなかろうか。

もしも男たちが、「君がメシ作ってくれると安くてうまくて助かるよ。なァ、明日も頼むね」と具体的に言えば、女たちは叫ぶだろう。

「私は飯炊き女じゃないわッ！」

男たちはその辺をよくわかっているのである。

こう考えると、このセリフは、かなり理詰めである。そして、誰でも彼でもこれを使いたがるのは、これさえ言っておけばその場を切り抜けられるということを、男たちは知っているからであろう。

かくいう私も、実はずうーっと昔に言われたことがある。そして、すっかり①②③の気分になってしまった。私は本当に型通りの女なのである。

すると、それを聞いた弟が言った。

「バッカだなァ。姉貴みてえなわがままこきと一緒にいて誰が安らぐんだよ。ちょっと考えりゃわかンだろうが」

「でもそう言ったよ」

「ンなもん、誰にだって言うんだよ」

そして弟は私の顔をマジマジと見て、そして笑い出したのである。

「しかし、バカほど引っかかるよな。この言葉にはな」

察するに弟も使ったことがあるに違いない。私はしかし弟の一言で目がさめた。そうなのだ、私だって自分自身に安らがないのだから、男たちが安らぐわけはないのだ。それをよくも十把ひとからげに安売りしてくれたものである。

ただ、『安らぐ』という気持ちは私にもわかる。誰といるよりもこの人といるのが一番いいなァと、ホッとすることは確かにある。一番肩の力が抜けて、この人といるのが一番落ちつくなァと改めて思うことは確かにある。それは「単なるトモダチ」ではなく「恋人」の場合である。おそらく、男たちにもそういうことがあるのだろう。

それにしてもである。何かもう少し気のきいた別の言葉を使うほうが私は好きだ。

「君といると何か安らぐんだ」

なんてクサいことを夜の並木道で言うより、もっと具体的な方がやっぱり女は信じられるんじゃないだろうか。

「俺、お前に隠れてけっこういろんな女と会ってたんだよ。FカップのA子とか……美人秘書のB子とか……それと……高校生のC子とか……ま、非常にいろいろっていうか……。でもサ、何かやっぱりお前が一番いい。マジに。何でかわかんねえけど……何かいい。他とはもう会わねえから……ゴメンな」

こう言ってもらった方が私ならずっといい。三人の女のことはショックだけど、焼き肉を三回おごってもらったら許すだろう。

男たるもの、ここ一番という時は自分の言葉で語るべきである。「気持ちを打ちあける」というシーンは、人生のここ一番であろう。そんな時に『安らぐ』だのというありきたりのパターン語では底の浅さをバラすようなものである。

女も肝に銘じておいた方がいい。

「サラリと言ってのけるパターン語」より「下手に言うマジ語」の方が信じられるということを。

もっともマジ語にも裏があるんじゃないかしら……なんて思いはじめては世の中、楽しくないことも肝に銘じて。

倫ならぬ恋

私は生きていく上で、

「粋か、野暮か」

という尺度を持ちたいと思っています。むろん、私は野暮なことばかりやっています。でも、必死になって、

「野暮なことをするのはよそうね」

と、自分に言いきかせているようなところはありますね。言いきかせないよりはマシかなと思って。

いつでも、何かをするときに、

「これは野暮なことかな？」

って、自問自答している自分に気づくことがあるんです。それでも野暮な方に流れてしまうのは、野暮な方が楽だからでしょうね。粋はつらいの。

だって、「粋」っていうのは「やせ我慢すること」ですから。「粋」ということについては、いろんな方がいろんな定義をなさっていますけど、やっぱり、根底には「や

せ我慢」があると思いますね。

やせ我慢をするっていうのはつらい。やせ我慢はとかく損な道ですから。だけど、あえてやせ我慢して、損な道を選ぶことって、ひとつの美学ですよ。ダンディズムだと思う。

私は先日、『愛しくてさよなら』というエッセイ集を、小学館から出しましたけど、その中に「不倫の恋」における男女のあり方について書いている部分があります。男女の仲というものは、とても粋な人間と、野暮な人間をくっきりとうつし出すんですね。

私自身は、不倫の恋を否定はしていません。夫が妻以外に愛する女をつくることはありうるし、妻だってそう。逆に、妻子がいるとわかっていながら、男にのめりこむ独身の女もいる。人を好きになるということは止められませんよね。

ただね、つらい恋のときに、粋になれるか、野暮に走ってしまうかって、これは人間性をあからさまにしますよ。怖いくらいに。

たとえば、「妻がちゃんとしていないから、夫は私のような恋人をつくったのよ」と公言する。それから、「妻のいることは承知ですが、こんなに愛した男性は私にとって初めてです」と交際宣言をする。どちらも私は気持ちがわかるんです。でもね、それはやっぱり、口に出しては野暮なことなんです。

口に出した方が楽ですよ。スッキリします。でも、そこをちょっとやせ我慢するということが必要なんだと、私は思うの。たとえば、自分の心の中では、いくらでもそういうことを思っていてもいいし、日記に書いてもいい。だけど、口に出したが最後、野暮になる。

つまり、本来、「不倫の恋」というのは「背徳」なんですよ。「倫《みち》に有《あ》ら不《ざ》る恋」という意味ですものね。つまり、「日陰者」なんですよ。それが、時代が変わって、あらゆることがオープンになり、「日陰者」までがお日さまの下にしゃしゃり出たくなっちゃった。やせ我慢して「日陰者」でいることに耐えられなくなったのね。だけど、これはすごく野暮。やってはいけないことなんです。

それなら、日陰者には何の権利もないのかと怒る人もいるでしょうが、権利はない。ないです。私はそう思っています。そのかわり、心意気があるべきです。妻子には一切かかわらず、結婚を望まず、日陰者に徹して愛するという心意気。

そんな強い女でいられないという反論もあるでしょうが、強くない女は、不倫なんていう高級な恋に手を出しちゃいけないんです。

『愛しくてさよなら』の中にも書きましたけど、男も昔に比べると野暮になってると思います。不倫の愛人に対して、結婚を匂わせながら体の関係を持ち続ける。ホテル代を節約して、女のアパートで逢い、女に食事をつくらせ、お金は一銭も出さない。そのくせ、いっこうに妻と別れる気配がないとなれば、女も我慢できなくなります。だから、嫌がらせに手首を切ったり、男の家に火をつけたり、交際宣言をしてオープンにしたくなったりするんです。

昔、日本には「妾《めかけ》」という言葉があって、男は妾つまり愛人の生活を、すべて面倒みていた。もちろん、結婚なんて匂わせません。妾の方も最初から結婚は望まない。正妻との間には非常に大きな格差があり、夫も妻のことは別格として扱っていたし、妾は日陰者に徹していたわけです。

当然ながら、妾を持てる男というのは経済的にゆとりがあり、精神的にも大人の度量がないといけなかった。今の時代のように、結婚を匂わせて女をつなぎとめるような貧乏くさい野暮はしなかったんですね。

誤解してほしくないのは、私は決して「妾」という制度を肯定しているんじゃありません。男にも女にもそのくらいの心意気と、野暮を嫌う気持ちがないと、不倫の恋なんてやっちゃいけないと思っているということです。

「倫ならぬ恋」には、やっぱりルールがあると思うんです。

今、何でもかんでもオープンにして、白黒をつけたがりすぎる傾向があるでしょう。これはいいことなのか、疑問だと思うなァ。

日本には昔から「あいまい」という精神文化があったでしょ。オープンにして、相手に突っこめばわかりやすいんだけど、「ま、これ以上は踏み込まないでね」って言って、あいまいにぼかしておく。男女の仲においては、適度なあいまいさというのは粋になることが多いんですね。

私は幻冬舎から『義務と演技』という小説を出しましたが、セックスをしてくれない夫に悩む妻と、セックスが好きすぎる夫に悩む妻が出てきます。

片一方の夫は「義務」で嫌々ながら妻を抱く。もう一方の妻は「演技」で夫のセックスに応《こた》えるという話です。

この小説では、一組の夫婦は「義務」について一切話さない。あいまいにぼやかしている。でももう一方は、ある時に我慢できなくなって、「演技」についてすべてを言ってしまうんです。

いろんなケースがありますから、一概には言えませんが、小説ではオープンにして踏み込みすぎた夫婦が失敗しています。言わずもがなの野暮なことだったんですね。

今の時代には粋も野暮も死語だと思われるでしょうが、私はそんなことはないと思います。バッシングされる人たちの多くは、その野暮な行為を叩かれるんですから。でも、バッシングもそろそろやめた方がいいですよ。何でもやりすぎると野暮ですから。（談）

セックスレス夫婦

セックスをしないセックスレス夫婦が増えているといいます。

私は、この問題を『義務と演技』という小説にする以前には、セックスレス夫婦の場合、どちらかというと妻の方がセックスを拒否しているんだろうと思っていました。それなら納得できるし、夫婦ってそんなものだと思ってもいました。

ところが、私の周辺から聞こえてくるのは、その逆で、夫が拒否している例が圧倒的に多かったんですね。

しかも、子供も妻も大事にして、愛人もいないという夫が「妻とはできない」というケースが多いんです。そんな夫の口から出るのは、

「妻とのセックスは義務」

という言葉なんです。

夫が義務でセックスしているとしたら、妻は演技で応《こた》えているのだろうか？

そんな疑問から『義務と演技』というタイトルがすぐに浮かんできました。

登場するのは、専業主婦のみさきとキャリアウーマンの祥子の二組の夫婦。みさき

の夫は、妻を抱く決心をする日に限ってなんとか家に帰らない方法はないものかと悩みます。一方、祥子は一〇日に一度、決まったように求めてくる夫に対して、演技で応えている自分に疑問を持つという、二組のセックスレス夫婦の悩みを描いたものです。

この小説を書くにあたって私はまず、妻たちの本音を聞いてみようと思いました。ところが、なかなか妻の取材はうまくいきません。皆、土壇場になって断わってきたんですね。

仕方なく知り合いの女たちに聞いてみたのですが、

「うちだって、だいぶ前からセックスレスだわ。ほとんど友達の関係よ」

「セックスなんて、ない方が面倒くさくなくていいわ」

と、皆、冗談めかして言うだけなんです。

そんなことがあって、あらためて思ったんです。

もし、自分から拒否しているのだとしたら、その理由《わけ》を堂々と話せるはず。でも、妻たちのほとんどが、夫から拒否されているから、人知れず悩んでいるのではないのかと。

義務としてのセックスでは満たされるはずもないだろうし、そのことを悩んでいる人は多いんだろうと思ったわけです。

そんなことを考えながら、小説を書き進めました。

ストーリーとしての結論は、専業主婦のみさき夫婦はセックスが「義務と演技」だと知りつつ、お互いに黙ってその関係を続けていきます。そして、キャリアウーマンの祥子は、「演技のセックスはイヤだ」と自分の気持ちをオープンに夫に告げ、お互いにわかり合おうとしたために、離婚する結果になるのです。

この小説を書いていて、義務と演技は、夫婦生活を長らえていくためには、大事なことではないかと感じました。

夫婦には、言わない方がいいこともあると思うんです。

ことセックスに関しては、言い方を考えないと命取りになる気がします。夫にメンツがありますから、妻から言われるといい気分はしないでしょうし。たとえ遠回しに言ったとしても「ハイハイ、申し訳ございませんでしたね」なんて思われてしまうかもしれない。

祥子はそこで失敗します。知的な彼女はなんでもオープンに言って、理解し合おうと思うのですが、それよりも、言ってはいけないことを感覚的にわかっているみさきのような女の方が、夫婦生活を長く続けていけるのではないか……。

すべての夫婦に当てはまるわけではありませんが、ひとつの考え方として、そういうことは言えると思います。

実際、この小説を読んだ方の中で、特に女たちからは、みさきに共感できるという感想を多くいただきました。

ほとんどの妻たちが、セックスは義務とわかっていても、不満など夫には漏らさずに、健気《けなげ》に演技を続けているんだなあと思いました。

ところが、男たちからの反響は、

「これを読んで、今晩はそろそろセックスしてやらなきゃいけないなと思ったよ」

などというものが多かったんですね。

特に、みさきの夫が、「今日こそやるぞ」と決意した日に限って、オフィスの窓を夕焼けが染める頃になると気が重くなっていき、なんとか家に帰らずにすむ方法はないだろうかとまで考えはじめるというくだりに共感するようです。

そんな感想の手紙を読んでいると、「男の人って、女の気持ちがわかってないなァ」と思わずにはいられませんでした。

「男の気持ちがわかった」という女たちの感想はあるのに、「女の気持ちがわかった」という男たちの感想は、本当に少ないんですよ。男たちは、

「俺のことを書いてくれたと思った。俺も普通なんだと安心した」

というような感想ばかり。

でも、この本は、妻の気持ちをわかってほしいという、夫へのメッセージもこめて書いたつもりです。

夫たちがよく「俺、何ヵ月もやってないよ」なんて言うとき、その言葉にはきっと、妻に対する自責と謝罪の念が含まれていると思うんです。だから、すぐに「何ヵ月してない」なんていう数字が出てくるわけでしょう？　その期間、きっと、夫は妻に対して申し訳ないと思っているはずです。

でも、それを素直に認められないんです。夫は、妻がＳＯＳを出しているのを気づいていながら、知らんぷりをしているんですね。

妻は、別に官能的なエロチックなことを求めているわけではないんです。肌と肌の触れ合いで、愛の確信が欲しいだけです。

「この人は、今も私を愛しているんだ」

「私を女として見てくれているんだ」

という部分で、女は納得したいんです。

でも、夫婦になると、男と女というよりは、共に闘って家庭を築いていく同志のような関係になるんでしょうね。

外で嫌なことがあっても家に帰ったら忘れられるとか、妻が温かい湯豆腐をつくって待っていると、外の寒さが癒《いや》されるとか、日常的なレベルで結びついていきます。そんな関係を維持しようとすればするほど、エロチックな関係からはかけ離れていくのは当たり前だろうと思うんです。

夫婦としての愛情は深くなっていき、正しい家庭で正しい夫婦であればあるほど、いかがわしい雰囲気から遠のいていく。だから、セックスからも遠のいていく……。

でも、セックスって、エロチックなものだけではないはずです。

セックスは、人間を解放していくものでしょう。

夫婦なら、肌を触り合い、肌の温もりを感じ合うことで、「体の言葉」みたいなものが伝わるはずなんですね。妻は、それを求めているんです。

幸せな結婚と幸せなセックスを、両立させたい。

そんな妻の気持ちを、夫にも、ぜひわかってほしいと思います。

でも自分に夫がいたら、いくら小説とはいえ、私もここまで書けなかったと思いますね。

（談）

結婚している男

私は一度も結婚したことがないので、妻たちからは「甘い」と言われることを承知で書く。

私は結婚している男たちを見ると切ない。胸がつまることさえある。

むろん、全員とは言わない。なかには浮気三昧、ギャンブル三昧、果ては暴力、酒乱という男たちもいるのだから。が、ごく一般的に見た場合、結婚している男たちの多くは、何が楽しくて生きているのだろうと思わされることがよくある。妻とは仲がいいわけでもなく、悪いわけでもない。離婚というほどでもないが、どう見てもトキメキはなさそうだ。息子は両親など相手にしないし、娘は母親とばかりしゃべり、一緒に買い物や旅行に行く。夫であり父親である男は、家庭のなかで疎外感を持つばかりである。

今、この一〇月五日から始まるNHK朝のテレビ小説『ひらり』（編集部注・平成四年一〇月五日～平成五年四月三日放送）を書いているが、そのなかに私はそんな男を登場させた。エリート銀行マンの藪沢洋一、四七歳。伊武雅刀さんが絶妙のペーソスで演じて下さっている。

家庭の中における切なさと疎外感は、妻がいささか夫に飽きてくる頃からジワジワと男をむしばんでいく。学生時代、あれだけ華々しく生き、遊び、夢を見た男たちがまるで去勢されたようになっているのは本当に見るに忍びない。女たちにも当然の言い分はあるだろう。がしかし、男たちよ、女に言いたいことはすべて言うべきである。むろん、最低限の言ってはならぬ「最低限のルール」はあるにしろ、甘やかしすぎる必要はサラサラない。

「争いごとになるくらいなら、僕は黙っている方が楽なんだ」

多くはそう言う。が、男たちはそれと引きかえに、人生の後半を切なく生きることを潔しとするのだろうか。

恋人と別れたあなたへの手紙

林　敦子さま

敦子、彼と別れた後遺症から少しは立ち直った？

実は私、今タヒチにいるの。そうよ、あの南太平洋に浮かぶタヒチよ。ゴーギャンが愛したタヒチよ、ホントに。

先週、東京タワーの見えるレストランであなたと会った夜、タヒチに行くことはとても言い出せなかった。彼と別れて、あなたはため息ばかりついて、私がどう慰めようと、どう元気づけようと、全然のってこなかったもの。あんな状態の時に、私だけがタヒチに行くのよなんて浮かれていられないと思って、結局言えなかった。だけど今、パペーテという町のカフェでこの手紙を書きながら、すごく後悔しています。あの夜、あなたのことも誘って、強引に連れてくるんだった……と。

敦子、タヒチは失恋によく効く島よ。絶対にそう思う。もちろん、南太平洋の海はあっ気にとられるほど美しいコバルトブルーだし、夜なんて南十字星やオリオン座が手でつかめそう。天の川が帯のように夜空を横切っていて、そこに椰子の木のシルエットがくっきり。ハイビスカスやブーゲンビリアなどの花は、たぶん日本人の想像をはるかに越える量で、町中にあふれているの。もうどこを向いても真っ青な空に、熱帯の赤い花が充満している。自動車の数より花の数の方が絶対に多いはずよ。

だけどね、敦子。私、失恋って「大自然」では慰められないと思ってる。やっぱり失恋を慰めることができるのは「人間」なのよ。タヒチが失恋に効くって言ったのはね、とにかく人間が大らかなの。タヒチの住民を見ていると、何だかたいていのことは笑い飛ばせそうな気になってくるのよ。こう言うと、敦子は必ず言い返すでしょうね。


「外国にいる間だけ、ちょっとそんなことを思うのよ。でもしょせん、私たちは日本人で、日本で暮らすの。タヒチの住民の大らかさを見たところで一時的なものよ」

その通りだと思う。でも日本から九六〇〇キロ離れた南海の小島では、人々がいつも太陽の方を向いて笑って暮らしている。それは覚えておいて損はない。日本からたった一時間飛行機に乗ると、こんなにも別の国、別の人に出会えるのかと、私は少なからずショックを受けたの。

今日もね、レンタカーでゴーギャン美術館に出かけたの。美術館はタヒチ本島の中心部から車で一時間ほど奥へ入ったところなんだけど、帰りにジャングルの間から女たちの笑い声がするのよ。

何だろうと思って、車を止めて降りてみたら、ジャングルの中に小川が流れていて、その向こうに小さな滝つぼがあったの。自然のジャクジーみたいに、ボコボコと水が噴き出している。そこに女たちが上半身裸でつかって、おしゃべりしては大笑いしているのよ。もっとおかしいのは、水浴びに来る女たちを目当てに物売りが来るの。チョコレートたっぷりの甘いお菓子を山ほど買いこんで、女たちは水につかりながら食べては笑い、笑っては食べて。みんな二十代よ。敦子と同じ年頃。

驚いて見ている私たちに気づいたら、女たちはおどけて胸なんか隠して、キャアキャアと笑うの。

「町は暑いからね、ここに来て涼むのよ。アンタたち、どこから来たの？ え？ ジャパン？」

って、私たちにもさかんに話しかけてくるの。チョコレートのついた指をなめながら笑う女たちの顔が、もうメチャクチャいいのよ。たまたま日曜日だったけど、普段はきっとみんな働いてるんだと思う。タヒチの女たちがホテルやレストランや銀行や、本当にいろんなところでクルクルとよく働いているのを見たもの。

彼女たちだってきっと私たちと同じように悩みを抱えていると思うのよ。だけど、あの笑顔はすごい。どんな悩みがあろうと、生きていることを面白がっている顔だった。敦子に見せてあげたかった。

ね、敦子。あなたは「まだ二七歳」なのよ。あんまり結婚のことばかりを考えるのはよしなさいよ。と言う私も、二七歳の頃は「もう二七歳」って思って、何とか結婚して落ちつきたいと、それのみだった。結婚したいというよりは、落ちつきたいのよね。よくわかる。

だけど、落ちつくっていうことは「落着《らくちゃく》」っていうことでしょ。つまり、「ああ、やれやれ。ドッコイショ。一件落着」って、自分の人生に自分で半分幕を引くことよね。何で二七歳から焦って幕を引くのよ。

私は結婚は一八歳でしようが、六八歳でしようが全然かまわないと思っている。でも「落ちつきたい」っていうのは、結婚の動機としてすてきなことではないと思うのね。「ああ、好きな人とめぐり合って結婚できてよかった。これからは二人でもっと面白いことやろっと」って思うなら、それは人生に半分幕を引いたことにはならないと思うけど、敦子は違った。単純に「落着」して区切りをつけたがっていたのが私にさえわかった。

たぶん、敦子の彼は、あなたが結婚したくてしたくてたまらないのを感じたのよ。

「この女は俺が好きなのか、結婚が好きなのかわかんねえな」と思ったんでしょうね。そう思えば男は逃げるわよ。バカにするなって思うわよ。

私ね、自分が四十代に入ってみて初めて気づいたことがある。二十代という、人生において最も美しく輝いている年代を、私は何て無駄に過ごしたのかしらって。あの頃は年をとるのがやたらに恐くて、失恋するのが恐くて、友達がどんどん結婚していくことにおびえていた。何とか「無難ないい娘」を演じようとして、男の人の目ばかりを意識して、それに自分をはめこもうとしていた。

今の敦子を見ると、あの頃の自分がよみがえってきます。タヒチの女たちが滝つぼで見せたような笑顔を、私自身は「適齢期」と呼ばれる時代には一度も見せたことがなかったと思う。何てもったいないと、今頃になって口惜しい。いつもいつも「結婚」の二文字が頭の上にのっかっていて、いい笑顔なんてやっていられなかった。

敦子、今、私は町のカフェでペンを走らせながら、タヒチの女たちの「女っぷり」にさっきからほとほと感心しています。

タヒチはフランス領のせいか、パペーテの町並みは何だか「海のあるパリ」のようです。古い白い建物、通りに椅子を並べたカフェ、フランスパンを抱えて行きかう人々。どう見てもパリです。でも、黒い髪にブーゲンビリアをさした姿、褐色の肌はまぎれもなくポリネシアなのね。そのくせ口から出る言葉は、タヒチ語の他は「ムッシュー」「マダーム」というフランス語。

このカフェのウエイトレスを見ていると、明らかに「恋のうまいフランス人の血を引いたポリネシアン」という気がするの。その二つの血がとてもうまくまじりあっている。タヒチでは決して観光用ではなく、本当に町中の女が髪に花をさし、町中の男が耳に花をはさんでいます。女たちは花のさし方にものすごく工夫をこらして、少しでも自分をきれいに見せようというのがよくわかるの。服はパレオという大きな一枚の布を体に巻きつけているんだけど、これもどうしたら最も美しく、最もセクシーに見せられるか考えているんでしょうね。自分の体に合わせて、全員の巻き方が違うの。

そんなウエイトレスたちが、男客に注文を取りに行くときの目つき、動き、口調。これはすごいものだわ。敦子に手紙なんか書く暇があったら、彼女たちの技をじっくりと見ていたいくらい。もちろん、女客は褐色のウエイターたちにセクシーな目線を送っているしね。

敦子はこの前、東京タワーの夜景を見ながら、「彼と別れて、もう私には一生恋人なんかできないかもしれないわ……」って言ったでしょ。タヒチの女たちを見てごらんって。たぶん、彼女たちは失恋したら二日、三日は泣いて、四日目からは「もっといい男」を落とすために勝負に出るんだわ。気持ちいいじゃない？

敦子、「おすがりして、結婚して頂く」ことに、輝ける二十代を捧げないことね。結婚は後からついて回ることなんだから、まずはピッカピカに自分の外側も内側も磨いて、恋の勝負に出ること。その方がずっとすてきよ。

二十代でさんざん痛いめにあった私が、これだけ長い手紙を書いてもまだわからないなら、トランクにおしゃれな夏服をいっぱいつめて、今からでもタヒチにいらっしゃい。失恋によく効く島だってことがわかるから。待ってます。

パペーテのカフェにて　内館牧子

オバサンになりたくないあなたへの手紙

秋山ルミ子様

ルミちゃん、久しぶりにお手紙を書くことにしました。

実は私、タヒチでかなり落ちこんでいます。落ちこんだ理由はハッキリしているの。その理由についてアレコレ考えている時、ふとあなたを思い出しました。

ルミちゃん、いつも言ってたでしょ。

「牧チャン、私、オバサンになりたくないのよ。年を取るのはしょうがないわよ。でもどうせ年を取るなら『大人の女』になりたいわ。オバサンっぽい女にだけはなりたくないのよ」

私はそれを聞くたびにせせら笑ってた。

「ちゃんと気合いを入れて生きていれば、オバサンになんか絶対ならないものよ。オバサンになる女はその程度の意識しか持ってない女ってことよ」

私が言うと、ルミちゃんは必ず自信たっぷりにうなずいていたのよ。覚えてる？

「そうよね。私たちは気を抜いてないもん、オバサンになんかならないわよね」

それから二人でビールを飲んで、ピーナッツを口に放りこみながら「オバサンの条件」なんてのを話してサ。

①　腰まわりが臼《うす》のよう
②　アゴの線が消滅
③　どことなく重そう
④　白くて粉っぽいケバいメーク。顔を白塗りしすぎて首の色と違う
⑤　大声で話し、カン高く笑う
⑥　日常的な話しかできない
⑦　映画を観ない

「つまりね、男が声をかけたくない女。それがオバサンよ」

そう言って笑ってたのよね、私たち。

タヒチに来て落ちこんだのはね、私、自分の姿をたまたま鏡で見てガク然としたの。大きな鏡がホテルのロビーにあって、私はちょうどその鏡に向かって歩いてたわけ。

「あ……何か私……オバサンっぽい」

そう思った。ショックだった。女って自分はオバサンにならないって思いこんでる

とこあるでしょ。冷静に鏡の中の自分を見た時、ギクッとした。

大きな鏡なんて東京にもいっぱいあるし、今さらと思うだろうけど、これは正直言ってタヒチだから自分の姿に気づかされたと思う。

ルミちゃん、私はタヒチで初めて「オバサンの条件」なんてひとつしかないんだって気づいたのよ。私たちが笑い転げながらあげた七項目なんて取るに足らないものよ。

たったひとつの条件って何だと思う？

「姿勢」よ。

体の姿勢と心の姿勢。この「二つの姿勢がゆるむと、女はオバサンになる」。これは絶対に間違いないッ!!

鏡にうつった私は、とりあえず体の姿勢が最悪だった。ホテルにはたくさんのタヒチの女たちが働いているんだけど、とにかく彼女たちは姿勢がいいの。背すじをピンと伸ばして、ヒップをキュッとしめて歩いている。アゴをツンとあげて。

ルミちゃん、この「ピン・キュッ・ツン」を、タヒチの女は年齢や体型に関係なくやっているのよ。そりゃハッキリ言って、タヒチには太った女が多いわよ。アゴの線が消滅どころか、アゴと肩が続いているような女もいる。臼の如き腰どころか軍艦のような腰の女も多い。だけどね、ルミちゃん、こういう「オバサン」でも「ピン・キュッ・ツン」で歩かれると、ホントにオバサンに見えないのよ。ホントなのよ。

それに日本の場合はいろんな服を着て、体型や姿勢の悪さをごま化せるでしょ。私だってルミちゃんの姿勢より、着ている服の方にまず目が行くもの。でもタヒチでは、「パレオ」という薄い一枚の布を体に巻きつけているだけなの。だから絶対にごま化せない。たぶん、意識の高い女たちは、姿勢で勝負するしかないことを知っているんだと思う。

どうしてこんなに姿勢が美しいんだろうと考えて、思い当たったことがあるの。

昨日、ル・トラックというバスに乗って買い物に出たのよ。ル・トラックって、トラックを改造したバスでね、面白いの。鮮やかな色でペイントされて、もちろんクッションは最悪。でもサンフランシスコのケーブルカーみたいな感じもあるし、簡単に乗れるし、町中どこでも走っていて、すごく便利。窓ガラスなんてあってないようなもので、風が気持ちよく入ってくるし、安いの。私はどこに行くにもこのル・トラックばかり。

で、昨日、パペーテの中心部まで乗ったわけ。その時、車内に裸足の男や女が何人もいたのよ。

「え？　タヒチって靴を買えないくらい貧しい人が多いの？」

って誤解しないでね。貧しくなんかないの。女たちはきれいなパレオを巻き、髪に花をさし、フランスパンを抱えたりして、すごくおしゃれなの。でも軽やかに裸足だった。たぶん、熱帯の南の島では裸足が一番気持ちがいいのかもしれない。

思ったんだけど、裸足や裸足に近いハキモノで暮らしていることが、タヒチの女たちの姿勢をよくしているんじゃないかしら。脚をきれいにしているんじゃないかしら。ルミちゃんはハイヒールで出勤し続けて、外反母趾でしょ。私はテレビ局に行く時はいつもスニーカーだもの。歩きやすさが、今では「ドタドタ」に進んでしまった気がするの。軽やかに裸足の女たちの「ピン・キュッ・ツン」を見た時、私は本当に自分の暮らしを反省したわ。ルミちゃん、お互いに、少し裸足になる時間をつくらない？

それでね、私は鏡で見た自分の姿にガックリしながら、ホテルの食堂に降りて行ったの。朝食の時間で、七時頃だったと思う。ロビーと食堂はゆるい螺旋《らせん》階段でつながっているんだけど、階段に中年の女がうずくまっていたの。具合でも悪いのかと思ったら、私の足音に振り返ったのよ。

「ボンジュール！　マダーム」

見ると両手にあふれるほど、真っ赤なハイビスカスの花を抱えている。それで、彼女はその花を階段の一段ごとに置いていたの。アイボリーホワイトの石の階段に、真っ赤な花が上からずーっと置かれて、それはきれいだった。私が日本語で、

「きれいね」

って言ったら、意味はわからなくてもほめられたことだけは感じて、彼女は嬉しそうにせっせとまた花を置き始めたの。朝七時でも真夏だから猛暑。冷房なんてほとんど効いてなくて、天井の大きな扇風機がブルンブルンとうなるだけ。たぶん四〇歳くらいの彼女は汗をびっしょりかきながら、一生懸命に花を置き続けるのよ。階段に小さなゴミがあれば手で丁寧につまんでいる彼女を見ながら、やっぱり「姿勢」ということを考えさせられた。うん、「心の姿勢」の方ね。

タヒチの人は信じられないくらい花が好きで、花にあふれた自分の町を誇っているのがよくわかるの。でも、階段に花を置くのに何もうずくまってゴミまで取らなくても、降りながらポンポンと置いていけばすむでしょ。私は正直なところ、そう思ったわよ。

でも食堂の入口まで降りて、階段を振り返った時、「あッ」と思った。花は同方向に置かれてなかったのよ。階段を降りる人も昇る人も、みんな花の顔が楽しめるよう

に計算して置かれていた。すごい！　と思った。

「きれいねーッ」

私が下からまた日本語で叫んだら、彼女はうずくまりながら、さっきよりももっと嬉しそうに笑った。

ルミちゃん、仕事に対しても暮らしに対しても、楽しんで一生懸命になるという姿勢は大切かもしれないね。だって彼女、どちらかというと臼の腰タイプだったけど、あの笑顔は全然オバサンっぽくなかったもの。

ルミちゃん、あなたへのお土産は空港でブランドの化粧品にするつもりだったけどやめた。パレオにするわ。値段も安いし。だって手染めの物が一〇〇〇円くらいからあるの。

そのかわり、私の前でパレオを巻いて見せるのよ。ごま化しのきかないパレオをつけた時、あなたの姿勢がオバサンになってないか、しっかりと見てあげるからねッ！

パペーテのホテルにて　内館牧子

休むことに焦るあなたへの手紙

上田ミナ子様

ミナ子、今は真夜中の一時です。タヒチ本島から一八キロ離れたところにあるモーレア島のバンガローでこれを書いています。

バンガローといっても山小屋をイメージしないでね。屋根は椰子の葉で作ってあって、海辺に張り出しています。水上バンガローとでもいえばいいのかしら。だから、聞こえるのは潮騒《しおさい》の音だけ。あとは時々虫の声もします。たぶん、玄関前の茂みで鳴いているのでしょう。

こんなにロマンチックな夜に、何も女友達のあなたに手紙を書かなくたって……と、自分でも笑ってしまったのですが、モーレア島に来てあなたを思い出してなりません。私がタヒチに行くって言った時、あなた、笑ったでしょう。

「牧ちゃんみたいにせっかちで、都会好きで、のんびりすると逆に疲れるっていう人がタヒチに行ってどうする気よ。三日も我慢できないんじゃない？　私もそうだけどね」

って。ホントよね。私はリゾートには向かない性格だっていうこと、自分でもハッキリとわかっているの。何しろ数年前、マレーシアのペナン島でイヤというほど思い知らされているもの。すてきなリゾートホテルのプールで、私はゴーグルをつけてキックターンをくり返して、一気に五百メートル泳いでしまったのよ。プールサイドにあがった時、ヨーロッパのリゾート客があっ気にとられて私を見ていた。みんなデッキチェアでミステリーなんか読んだり、プールに入ってもチョコチョコと泳ぐだけなんだもの、私は奇異だったでしょうね。当時、香港に駐在していた弟夫婦も一緒だったんだけど、弟が天を仰いで言ったセリフを今でも覚えてるわよ。

「姉貴は目的のない行動って絶対できないヤツだもんなァ」

そうなのよ。これは性分なんだけど、私、たとえば「散歩」って絶対できないの。アテもなくフラフラ歩くのって全然楽しめない。泳ぐのもそう。いくらリゾートプールでも「日頃の運動不足を解消しよう」という「目的」を持って泳ぐから、キックターンでイッキに五百メートルになるわけよ。

モーレア島に来て、ミナ子を思い出したのはね、つまり私やあなたのように何か「目的」を持たないと行動できない人間には、これはもうとてつもなく困ったところなのよ。

とにかく何もない。あるのは海と空と花だけ。私の泊まっているバンガローにもテレビはない、ラジオはない、新聞はない。ついでに言えば冷房もない、時計もない。日本から持ってきた本を読もうにも読書に十分な灯りもない。一五畳ほどの広さのワンルームに大きなダブルベッドがひとつ、天井には四枚羽根の扇風機がノタリノタリと回っているだけなのよ。窓を開ければ真っ暗な海と、降るような星空だけ。

こうなると私やあなたのような人間は何もすることがないわけね。それでもバンガローに友達と泊まっているのなら話もできるけど、私は一人なのよ。タヒチ本島のパペーテはまだ都会の匂いがしたけれど、ここは本当に大自然の中。三日間の私の悪あがきを聞いて。

朝は目ざまし時計もモーニングコールもないけど、窓から射しこむギラギラの朝陽で目がさめる。海に張り出したカフェテラスで朝食をとったが最後、泳ぐかぼんやりしているしかないわけ。とてもじゃないけど、私にはそんなことで一日つぶすなんてもったいなくて、初日はレンタカーで朝九時から走り回りました。

モーレア島はミュージカル映画「南太平洋」でバリハイ島のモデルになっただけあって、海の美しさは息をのむほど。どうしてこんなに青いのかしらとあっ気にとられるほどみごとに美しいエメラルド色。水辺に近寄ると今度はクリスタルのように澄んでいて、色とりどりの魚が泳いでいるのが見えるのよ。砂浜に立っているのに魚が見えるなんて信じられないでしょ。

レンタカーはホテルで簡単に借りられて、四時間で五〇〇〇パシフィックフラン程度。日本円にして四〇〇〇円くらいかしら。モーレア島は周囲六〇キロくらいの小さな島なので、四時間もあれば十分。でも車を走らせながら情けなくなったわ。ここは恋人と来るか、ハネムーンで来るかが一番よ。何しろ「南太平洋」でスクリーンにうつし出された美しさが、そのまま今も残ってるんだもの。キャプテン・クックが錨《いかり》を降ろしたというクック湾に車を止めた時、私はホントにイヤになったわね。この美しさを誰かに話したくても、隣には誰もいないんだもの。やっぱり海というものは、好きな人と見るものだと改めて気づきましたヨ。

午後からはフィンとシュノーケル、ゴーグルを借りて、もぐってみました。私は学生時代は水泳部で、OL時代はヨット部で、海は得意なはずなんだけど実はもぐったのは初めてなのよ。自信がないから沖の方までは行かなかったけど、すごかった。水着の胸にフランスパンを入れてもぐって、それを水中でまいたら、図鑑でしか見たことのないような鮮やかな色の魚たちが寄ってくるの。それで私の体のまわりをらせん状に取り囲んで一緒に泳ぐのよ。魚があんなに人なつこいなんて思いもしなかった。

その後、夕方から町を歩いてみたの。もちろん、私のことだから「目的あり」よ。お土産を買おうと思ったの。何もない島だけど、それだけに都会には売ってない物がいろいろあるのよ。たとえば貝殻のイヤリング、髪止め、小さな白い貝のピアス。それに優しい色に塗った貝殻のアクセサリー。そんなものが一〇〇〇円くらいからたくさんあるの。ミナ子には椰子の葉で編んだカゴを買ったわよ。夏なら通勤用にもなるし、スリッパを入れて玄関に置くのもいいなと思って。値段を言うと、これも一〇〇〇円。

夜は食事をしながらタヒチアンダンスのショーを見たの。観光化されてると聞いていたけど、アーモンド色の肌をした男女がとてもセクシーで、私、改めて思ったのよ。ここは本当に日本からは遠い国なんだなぁって。同じ地球にあっても文化がかけ離れている。日本の「色気」というのはきっちりと帯をしめてきものを着て、絶対にくずれない姿勢を見せていながらチラと見える足首や、衿あしの白さを言うでしょう。でもタヒチはダンスを見ればわかる通り、ほとんど裸に近い姿で、ストレートにSEXを感じさせるのね。それも非常に大らかにね。気候や風土が違うと、ここまで文化が違うのかと、とても面白かった。

ミナ子、書いてみて苦笑してるんだけど、私は一日でこれだけ動き回ってちょうどい充実感を得る性分なのよ。あなたもそうよね。一日でモーレア島の目的を全部こなした私は、二日目から何もすることがないのよ。どうしたと思う？　空と海と花しかない島で、ぼんやりすることの苦手な私がどうしたと思う？

腹をくったの。こうなったら絶対に何もしないで、一日中、空と海をながめてるわって腹をくったのよ。それでデッキチェアを椰子の木陰に置いて、一日中座ってた。ところが、貧乏性よね。つらいの何のって。こうしてる間に本が一冊読めるとか、原稿が何枚書けるとか思ってジリジリしてくるの。形になることをやっていないと落ちつかないのって、完璧に都会の現代病よね。だけど我慢して何もしなかった。夕食の頃には、何もしないということに疲れ果て、海の色も空の色も結局何も覚えてないの。イライラして何ひとつ見ていなかったってことよ。

三日目の今日も何もしなかった。朝六時から夕方六時まで耶子の木陰のデッキチェア。だけど二日目とは全然違ったの。ジタバタしても始まらないと思ったせいかもしれない。

ミナ子、太陽が昇って太陽が沈むまでの一日って、あんな風に過ぎていくものなのね。太陽の色が少しずつ変わり、それを映して海の色も変わり、花が開き、やがて遊んでいた子供が帰り、鳥たちが帰り、ゆっくりと月が出て、だんだんと星がきらめき、そして太陽と共に花がしぼんで。「一日」ってこんなにきれいなものかと思った。

私は東京に帰ったらまた動き回ると思う。でもね、「一日ってこんなにきれいなものなのか……」って、年に一日でも思うことができたら、ものすごく心が優しくなれる気がしたの。花も鳥も人もみんな息をしてるんだなぁって思うだけで。私もあなたも一応は大人だもの、他人に対して優しく見せる技術は持っている。つくり笑いでも言葉でも。だけど「優しく見せる技術」と「優しさ」は違う。生きているものすべてに対するいとおしさは、きっと何もしないで自然の中に身を置くというところから出てくるのかもしれないと思った。

たまには立ち止まってみようね。それは絶対に「無駄」なことじゃないんだわ。立ち止まることで見える物って確かにあるのよ。

今日ね、太陽が沈む直前に突然、空が青と夕焼け色のストライプになったの。オーロラのような空に、土地の人たちも大騒ぎして空を見上げて言ったのよ。

「これは何年に一度しかない空だよ。このストライプの夕空を見た人には必ず幸せが来るってタヒチでは言われているんだ」

ミナ子、その空の写真を送ります。写真で見た人にだってきっと幸せが来るから。

立ち止まって初めて私がこの空に気づいたように、立ち止まらないと幸せにも気づかないのかもしれないと思っています。

モーレアのバンガローにて　内館牧子

II 男たちと

砂漠の中で

先日、仕事でエジプトに出かけた。カイロからルクソールを回る旅で、一一月とはいえ、日本の感覚では「夏」である。日中の気温はゆうに三〇度を超え、アラビアの太陽はサハラ砂漠に猛烈な照り返しを見せている。

「少し休憩をとろう。これ以上、外に立ってるとぶっ倒れるぞ」

スタッフの一人が言った。

「ビール飲もう！　冷たいビール、いこう」

みんなで太陽から逃れるようにレストランに入り、冷たいビールをあおった。その時、スタッフの一人が言った。

「そば、食いてえな」

それを聞くや、別のスタッフが叫んだ。

「やめてくれよォ。そばなんて思い出させないでくれよな。いくら言ったたって、ここにはないんだからサ。頼むよ」

私たちがいるのは首都カイロから六七〇キロ離れたルクソールという町。日干しレンガでできた家々の前をのどかにロバが通り、確かに一軒たりとも日本料理店はなかった。その時、また別の誰かが言った。

「なァ、今まで生きてきた年月の中でサ、一番うまかった食べ物って、どういう時に食べた、何だった？」

　スタッフは私を含めて七人いたのだが、驚いたことに五人までが「そば」と答えたのである。

「二ヵ月間、中近東を取材で回って、帰国する時にＪＡＬの機内食で日本そばが出た。ああ、やっと帰れる……と思って、あのそばは……最高の味だったな」

「俺、いつだったか寒い夜中に歩いてたらね、一軒だけそば屋が開いてンだよ。思わず飛びこんで、ザルそばを肴に熱燗《あつかん》をやった。あれはうまかった」

　私たちはサハラ砂漠とアラビアの太陽を前にして、そばへの想いを話し続けた。

　実は私自身、今まで生きてきた中で一番忘れられない味は、そばである。

　今から一五年ほど前、会社勤めをしていた私は、社内報に「断食道場体験記」を書くことになった。確か三人くらいで連れだって、何日間だったか断食道場に入ったのである。

　今でもはっきりと覚えているが、入った日の夜と、翌朝に盃一杯のぶどうジュースを与えられた。ジュースというよりは、しぼり汁というような、濃密な液体だった。それを飲んだが最後、来る日も来る日も水だけである。私たちは昼日中から布団の中でゴロゴロし、おしゃべり三昧。体力を消耗しないせいか、正直なところ、それほどの空腹感はなかった。

ある一定期間、上手に断食すると体内の老廃物が流れ出るそうだが、そんなことの真偽はともかく、私たちはダイエット効果にワクワクしていた。こうして、最終日を迎えた時、一人がつぶやいたのである。

「ああ……おそばが食べたい……」

この一言は強烈だった。この一言で、今まで思いもしなかった空腹感がよみがえり、私たちの頭の中は「そば」の二文字でいっぱいになってしまった。

「ナメコおろしそば……夢に見そう」

「私、天ざる食べるまでは死ねないわ……」

一日中、布団の中で「そば」の話ばかりである。このラスト一日が、どれほど苦行の二四時間であったか、お察し頂きたい。

最終日、私たちは断食道場をあとにするや、駅前のそば屋に飛びこんだ。あの時に食べたナメコおろしそばのおいしかったこと。あれほどおいしかった食べ物は、今まで経験してないと言ってもいいほどである。

サハラに沈む夕陽を見ながら、スタッフの一人が言った。

「日本に帰ったら、打上げはそばパーティーだな」

全員がしっかりとうなずいた。

東京は夫、カイロは愛人

私はかつて、「夫以外に愛人を持っている妻たち」に取材をしたことがある。

彼女たちは悪びれもせず、言った。

「夫は大切。家庭はこわしたくない。でも愛人はとても新鮮で、刺激があるの」

これを「都市」に置きかえてみると、妙に納得できる。私が一番愛し、大切な夫は「東京」である。「東京」以外の男と暮らしたいとはまったく思わない。

がしかし、私にも愛人がいる。

エジプトのカイロ。

彼と出逢った瞬間、私は恋に落ちたと思った。目からウロコがドサドサと落ちた。

カイロという都市、何から何まで「間尺に合わない」のである。文化遺跡のあの巨大さといったらない。ピラミッドとスフィンクスを初めて見た時は、その大きさに笑うしかなかった。これらは厳密にはカイロから一三キロ離れたギザ市に建っているのだが、笑わないと負けそうだった。その他にもモスク、塔、墓、何もかもが大きい。あきれるほど大きい。これは人間の持つ「間尺」ではない。

私は人間が人間の「間尺」を持たぬという事実に打ちのめされ、腑抜けたようになりながら、気づくとゴチャゴチャした市場に迷いこんでいた。人々は地べたに座って店番をしながら、のんびりと水煙草を吸っている。ボーッと空を見たり、道行く人を見たりで、懸命に商売をしているようすはまったくない。

カイロ在住二五年の、日本人大学教授は言った。

「エジプト人ってね、時間に限りがあるとは全然思ってないんだよ。時間というものは限りなくあるものだと思っている」

これも人間の「間尺」ではない。

東京で生きる時、私は常に時間を逆算している。多くの人たちが、人生において、「残された時間」という言い方をする。時間には限りがあり、人生は短いからこそ何かいい仕事をし、いい生き方をしたいと努力する。「ライフワーク」などと言い、志なかばにならぬように人生のスケジュールを組む。

これは当然のこととして、私は全面的に肯定している。しかし、「時間は限りなくある」という大らかな考え方に触れた時、私の肩の力が間違いなく抜けた。

「そうよね。志なかばだって、ナンボのもんでもないわよね」

愛人の教えは、夫とは違う。やはり、愛人は刺激的であり、できることなら夫に隠れて年に一度は逢いたい男である。

毛利元就という男

私は今、来年のＮＨＫ大河ドラマ「毛利《もうり》元就《もとなり》」の脚本を書いている。（編集部注・平成九年一月から放送）

実は時代劇を書くのはこれが初めてである。初めての時代劇が「大河ドラマ」であるからして、会う人ごとに「いい度胸をしてる」と言われたが、私は大河ドラマというのは歴史ドラマではなく、人間ドラマだと思う。史実を曲げることはできないが、その時代を「よく生き、よく死んだ」男女の、喜怒哀楽ドラマではないのか。そう考えた時、人間を描くという姿勢は現代劇と同じだと思った。それなら、いいキャスト、スタッフ、考証の学者の方々と一緒ならば、できるかもしれないと考えた。そして、引き受けた。

引き受けた後の一番のテーマは、歴史上の誰を採りあげるかということである。プロデューサーと監督と三人で、主人公選びが始まった。

この主人公選びにとりたてて制約はないが、何よりもまず私たち三人がのれる人物でないと困る。そして、いくらのれてもドラマにしにくい人物もいる。一年間という長丁場に堪えるほどの魅力を持ち、視聴者も面白がり、「なぜ今、その人物か」という時代性も必要である。

私たちはとにかく、自分が魅力的だと思う人物を次々に挙げていくことから始めた。ところが、大河ドラマは昭和三八年からスタートして、平成八年の「秀吉」で三四年になる。魅力的な人物は採りあげきっていると言っても過言ではない。次のラインナップをご覧頂くと、よくおわかりと思う。

昭和三八年「花の生涯」、三九年「赤穂浪士」、四〇年「太閤記」、四一年「源義経」、四二年「三姉妹」、四三年「竜馬がゆく」、四四年「天と地と」、四五年「樅ノ木は残った」、四六年「春の坂道」、四七年「新・平家物語」、四八年「国盗り物語」、四九年「勝海舟」、五〇年「元禄太平記」、五一年「風と雲と虹と」、五二年「花神」、五三年「黄金の日日」、五四年「草燃える」、五五年「獅子の時代」、五六年「おんな太閤記」、五七年「峠の群像」、五八年「徳川家康」、五九年「山河燃ゆ」、六〇年「春の波濤」、六一年「いのち」、六二年「独眼竜政宗」、六三年「武田信玄」と続く。

平成に入ってからは、元年「春日局」、二年「翔ぶが如く」、三年「太平記」、四年「信長」、五年「琉球の風」・「炎立つ」、六年「花の乱」、七年「八代将軍吉宗」、八年「秀吉」と、こうなる。

同じ人物をまた採りあげることも含めて、スタッフと考え抜いた。

私の中では「時代性」が最大のポイントであった。「今だからこそ、この人物」という意味があれば、主人公は今の時代を今の人々と共に生きることになる。

そんな時、毛利元就の名が挙がった。私は「三本の矢」のエピソードしか知らず、

「何か説教好きな、地味なオジサンね」

と言ったことを、ハッキリと覚えている。そして、とにかく永井路子先生の書かれた『山霧』を読んでみた。これは元就と妻の約二五年間の結婚生活を描いている。

三分の一も読まぬうちに、私は、

「ヤッタ!!」

と思った。毛利元就という男、私の「戦国武将観」をひっくり返すほど、実に実に面白く、その「よく生き、よく死んだ」さまは、今の時代の人間にズシンズシンと響くようなメッセージを含んでいる。

この思いはスタッフも同じであった。その後、上層部との討議を重ね、永井先生から原作を頂き、ゼロ地点から約四ヵ月かけて「毛利元就」が正式決定した。大河ドラマが始まってから三五年目の作品になる。

私が毛利元就に惚れこんだ第一の要素は、彼が五九歳から本格的なスタートを切ったことにある。

五九歳である。サラリーマンならば定年の年齢であり、「老後の設計」だの「趣味に生きる」だの「のんびりしたい」だの、言うなれば「守りの姿勢」に入る年齢である。

が、一四九七年三月生まれの元就は、一五五五年一〇月、五九歳で厳島《いつくしま》合戦を陣頭指揮。現在の広島県厳島において、陶晴賢《すえはるかた》の軍を潰滅《かいめつ》した。時に陶軍二万、毛利軍二千四百。奇襲と智略《ちりやく》による奇跡的な勝利であった。

それ以前にも地固めをしていたとはいえ、この合戦以後、元就は周防・長門を平定し、石見・出雲を支配し、一五六六年に西国の完全制覇を成しとげた。この時、元就は七〇歳目前である。五九歳から一一年間を、まさに疾風怒濤の勢いで生き抜いた。どこにも、かけらさえも「守りの姿勢」は見えない。

定年後の趣味を考えようかという年齢でありながら、元就は長男隆元に宛てた教訓状（毛利家文書四一三号）に、次のような内容をしたためている。

「武者には芸事も遊びもいらない。能だとか舞だとか、何もかも一切必要ない。いい仕事をする上で、何よりも大切なのは頭を使って局面を乗りきるための『調略』である。だから趣味を楽しむよりも、ただひたすら『調略』ということを熟慮しなさい」

これを書いたのは、元就六一歳の時である。

また、こんな言葉も伝わっている。

「本を忘るる者はすべて空なり」

つまり、本業を忘れて趣味芸道にふけっては、何もかも失うことになるという意味に考えてよいだろう。

現実には、元就は和歌にすぐれ、能も好んだし、『源氏物語』や『古今集』を愛読する文人の面があったという。しかし、「本を忘るる時はすべて空なり」という意識がバックボーンであり、これを持っている限り、「守りの姿勢」になど入りようもなかったのではあるまいか。

私は五九歳で平然とスタートを切る男に、非常に興味を持ち、そして元気づけられた。

「人生八〇年」の現在、定年を迎える年齢の男女の体はまだまだ若い。ただ、「定年」にショックを受け、心が老いてしまう人は少なくない。しかし、「人生八〇年」を考えると、再スタートを切らないともったいない。それが芸事であれ、ボランティアであれ、その道を「本」と考えてみるのだ。「生き甲斐《がい》」のために芸事をするのではなく、それを「本」とし、それを忘れては「すべて空なり」というところまで自分を追いこむ。定年の年齢は、そんな生き方が可能な若さだと思うのである。五九歳で立った元就から、私は「現代人はもっと勇猛果敢な老後を考えよ。守りに入っては人生が面白くない」というメッセージを受け取った気がした。

元就のこの強さ、そして「調略」を第一に考える哲学、これらは何に起因しているのかというと、これがまた面白いのである。

元就の性格は、育った環境によるところが非常に大きい。

元就の父、毛利弘元は安芸の吉田という地の国人で、地位的には高くない。守護大名や守護代の顔色をうかがいながら、何とか生きのびるのに必死であった。

弘元は郡山城の城主であったが、元就が四歳の時に隠居し、猿掛城に移っている。わずか三二歳で隠居したのは、守護大名の大内義興と室町幕府の双方から無理難題をつきつけられ、隠居しか解決の方法がなかったのである。これだけを見ても、毛利家に力のないことがわかる。

猿掛城における弘元の年収は三百貫。現在の金額にして約四千五百万円程度らしい。これはあくまでも「毛利商店」の年商であり、ここから家臣という名の社員たちに給料を支払わねばならない。元就はそんな小企業の次男坊として育ったのである。

猿掛城は城というよりも砦《とりで》というにふさわしく、ごく小さなものであった。そこでの暮らしは、経済的にも豊かではないうえ、下克上の世。隠居しているとはいえ、弘元は食うか食われるかにピリピリしながら暮らしていたのである。

そんな中で、元就は五歳で母に死なれ、一〇歳で父弘元に死なれる。あげく、一一歳の時にはたった一人の兄興元が、大内義興の命令で京都に行ってしまうのである。わずか一一歳で、それも下克上の世で、元就は孤児になった。家来たちは年貢をかすめとり、仕事をさぼりという調子で、弘元の死後の暮らしはさらに困窮していたことは間違いない。

幼い元就がどうやって生きてきたかというと、亡父弘元の側室に取りすがって、何とか日々を送っていたのである。このことは、後に、長男隆元にしたためた手紙に書いてある。

「大かた殿ニ取つき申候て、京都之留守三ヶ年を送候」

大かた殿というのが側室のことで、「取つき」という三文字が、少年元就の悲惨さをよく表している。

不幸はまだ続いた。兄興元が、京都から帰って間もなく、二四歳の若さで死んでしまうのである。次男であった元就だが、ここで毛利家を継ぐことになる。

が、この頃の西国の乱世ぶりは熾烈《しれつ》を極めていた。大内義興を筆頭に、尼子経久や武田元繁など強大な勢力に毛利は囲まれ、その日を送るのに精一杯という状況である。たとえていえば、小さな毛利商店は三越や高島屋や西武に囲まれ、戦々恐々として生きていたといっていい。

後に、元就はこれらをすべて吸収合併するのだが、その基本は「調略」だと言っている。

つまり、元就は「策を練ること」以外に何ひとつ持っていなかった。親はさほどの力もない国人で、あげく早々と死ぬ。親から譲られた財産もなく、名もなく、実もない。こうなると、頭を休ませることなく使うしかないではないか。しかし、その結果、西国の覇王になったのであるから、これは痛快である。

「百姓から天下を取った秀吉の方が、もっと痛快だ」

という声はあろう。が、秀吉と元就は痛快さが別のものである。

秀吉は「信長株式会社」という有力企業に就職し、そこから社長になった痛快さである。大企業におけるノンキャリアの出世物語といえる。元就は家業の小企業を継ぎ、下請け会社として親会社の顔色を見ながら、頭だけを武器に一部上場の大企業に育てあげた痛快さである。秀吉には良くも悪くも信長という大樹があった。元就はよりかかる大樹がなく、自分が一番上なのである。

私は元就の「調略」ということに、非常に興味を持った。今の世の中、圧倒的多数の人間が、親から何も受け継ぐものはない。多くの親は財産など持ってはいないのだ。

しかし、何も持っていない人間でも、頭を使うことはできる。私たちは頭を使うことを忘れてはいまいか。不平不満を言う前に、もっと頭を使うべきではないのか。

元就の頭の使い方のひとつは、「情報処理」であった。彼は戦国武将の中でもナンバーワンと言われるほどに情報収集がうまく、何よりもその情報の分析力と判断力にたけていた。多数の間諜《かんちょう》（忍者）を方々に放ち、冷酷なまでに情報を集め、分析した。そこには明らかに孫子の兵法論に影響されているところが見える。

『孫子《そんし》の兵法』（重沢俊郎著・日中出版）には、次のように書かれている。

「（戦いにおいて）物量作戦とるに足らず、人海戦術は無能の証明。新鋭兵器は一度使えば相手も使う。常に相手を圧倒できるのは、ただすぐれた謀略のみ。知性の産物である謀略は千変万化。いつでも勝利を保証する永遠の新鋭兵器として機能する」

そして、もう一行、鋭い文章がある。

「ただし、知性の絶えざる向上を不可欠の条件として」

この一行を胸に叩きこんでいる男に、「守りの姿勢」などはありようもないのである。

情報化社会といわれる今、膨大な量の情報を生かしきれないとよく言われている。元就のところにも、間諜から膨大な情報が入ってきていた。それを彼がどう判断し、生かし、いい結果につなげたかというと、私は「人間の心を読む」ことがポイントになっていたように思う。

つまり、「情報収集」というデジタル路線を踏み、それをベースにして相手の心を読み、決断する。決断のポイントは非常にアナログなのである。このデジタルとアナログの微妙なバランス取りが、元就の真骨頂であったと思う。

たとえば、西国の完全制覇を目前にした最後の戦が、尼子義久との月山富田城戦である。元就は一気に攻めることをせず、尼子の月山富田城を包囲し、実に一年半も動かなかった。籠城《ろうじょう》を余儀なくされた尼子軍は飢えに苦しみ、投降する兵が続出した。義久の動揺ぶりは逐一、元就に報告される。その中で、義久の忠臣宇山久信が、元就にとってはネックであった。彼さえいなければ、尼子の屋台骨は崩れるであろうという情報も得ていた。

元就はこの状況における人間の心を読み、頭を使った。尼子の城内に間諜を放ち、デマをまき散らさせたのである。

「宇山は実は毛利と内通しており、月山富田城落城後は、領地をもらう約束までできている。忠臣づらをするヤツほど信用できないのだ」

平常時ならば、こんなデマにまどわされる義久ではない。しかし、飢えに苦しみ、昔からの老臣までが投降していく中にあっては、宇山を疑うのも無理からぬこと。すべて、情報をベースにした元就の、読心術である。結局、義久は何の罪もない宇山を斬殺《ざんさつ》し、これによって尼子軍は事実上、総くずれになったのである。

こういうエピソードを知ると、冷徹で何とも食えないヤツだと思われようが、この元就という男、女から見るとなかなか「可愛いヤツ」の一面がある。

元就は典型的に「外では雄々しく、家では女々しく」の男であった。

幼い頃の寂しい境遇によるところも大きいのだろうが、心を許した妻の前では甘えっぱなしで、愚痴やぼやきを延々と続けていたらしい。これらは彼の残した手紙から推測することができる。

とにかく元就は大変な手紙魔で、家族や重臣には思いのたけをすべて書いている。

彼の妻、妙玖夫人は四七歳で死ぬのだが、その時の衝撃もすべて、長男隆元に手紙でさらけ出している。そこには「妙玖のことばかり思い出している」だの、「今は語りかける相手もなく、ひっそりと妙玖をしのぶ毎日だ」だの、「妙玖がいれば、俺がこんなに子供の教育に悩まずともすんだのに」だのと、それはもう臆面《おくめん》もなく書き、せんない繰り言をしたためている。

残されている手紙には、とかく「ぼやき」が多く、「俺は多くの人を殺したので、いずれ因果が報いるだろうよなァ」とか「たいした素質に恵まれたわけでもない俺が、この乱世を渡ってこられたのは不思議だ。もう早いとこ楽になりたい俺の気持ち、わかってくれよな」とか、「当家を好きだと思う者は他国はもちろんのこと、当国にさえ一人もいないよ。それどころか、当家の家臣だってそれほどよくは思っていない者ばかりだ。俺にはそれがよくわかるんだ……」とか。

息子への手紙にここまで心情を吐露する元就が、甘えさせ上手の賢夫人に対し、どれほど愚痴っていたかは想像にかたくない。

また、彼は戦国の武将には珍しく、側室を一人も置かず、秀吉のように「女に弱い」ということがなかった。妻の死後数年たってからやっと、側室を置いている。手紙魔としては側室にも書きまくっており、戦いの陣中からも送っている。才女の側室に宛てた一通に、

「俺は仮名文字を上手に書きたいと思っているけど、なかなか練習もできずにいる。この手紙の仮名文字、ちゃんと書けていると思うかい？　批評してくれよ」

とある。女にとってみれば、外ではあれほどの仕事をする鬼が、自分の前では甘え猫というのは悪くない。「可愛いヤツね」といい気分にならぬ女はいるまい。

この可愛ささえ、元就の調略だという解釈もあるらしいが、私自身はその解釈にはよらぬ。というのも、彼は子供の教育方針や、息子の嫁への励ましや、兄弟喧嘩《げんか》の仲裁や、ありとあらゆることを、何もかも手紙にしたためて送る男である。それも断定的な書き方はせず、「こう思っているが、お前はどう思う？」というように大変な気の使いようなのである。妻や後妻の前でくらい、甲冑《かっちゅう》を脱いで甘えたかったであろう。

秀吉をして「わしは元就に負けた。あれほどの息子を三人も持ったことに関しては、どうにも勝てない」と言わせた元就。三人の優秀すぎるほどの息子たちは、父のぼやきも含めての生き方をすべて見ていたと思う。父親の背中が、息子たちを優秀に育てあげたのだと私は思っている。

今、父親が子供にどう接していいかわからず、悩んでいる時代だと聞く。家では何もかもさらけ出し、外では決して「守りの姿勢」を取らなかった元就の父親像は、ひとつのヒントになるように思えてならない。

こうして、私は「毛利元就」を書き進めているが、制作発表と同時に大変な反響を頂き、とまどうほどである。

中でも、四月に私の父が急死した直後の反響には驚いた。訃報《ふほう》が新聞に載り、実家の住所が明記されていたため、見知らぬ方たちから何通も大きな封筒や宅配便が届く。開くとすべて、毛利関係の資料である。そしてすべてに手紙がそえられている。

「我が町は毛利と縁があるので、ぜひロケをして頂きたい」という内容である。便せん何枚にもわたってPRした後で、あわてて、

「父上のこと、お悔やみ申し上げます」

と書いてあるのも同じである。私は苦笑しながらも反響に励まされている。

おすすめの股旅本

①紋次郎コレクション（笹沢左保著／図書新聞／全四集／各一三〇〇円）
②関八州の旅がらす（縄田一男編／新潮社／一六〇〇円、または新潮文庫／七二〇円）
③弁慶（水野泰治著／成美堂出版／絶版）

私は「股旅系の男」に弱くて、つい胸がときめいてしまう。長谷川伸は『石瓦混淆』の中で、「股旅」についてこう定義している。

「男で、非生産的で、多くは無学で、孤独で、いばらを背負っていることを知っているものたちである」

こんな男を夫にする自信はないが、恋人ならば何とも色っぽくて血が騒ぐではないか。

だが、昨今、「股旅系の男」はめっきり減った。デジタル化した世の中では、こんな心根の男たちは生きにくいのだろう。致し方なく、私は股旅小説を読みあさり、仮想恋愛をしている。アウトローの彼らは、決して型通りのヒーローではない。が、彼らと共に過ごした後、私はなぜか心優しくなっている。

『紋次郎コレクション』は、ご存じ木枯し紋次郎の短編を集めたシリーズ。私は「無縁仏に明日をみた」というタイトルの第四集が好きなのだが、孤独で人間不信の紋次郎が、心のうちなる温かさとせめぎあうところは、男の色香が匂い立つ。

『関八州の旅がらす』はタイトルからして絶品で、読む前からワクワクさせられる。この中には一五の小説が収められており、子母沢寛の「紋三郎の秀」、長谷川伸の「国定忠治の子」、伊藤桂一の「背中の新太郎」など、どれも非常に楽しめる。人間というものは、誰もが必死に生きているのだなァと、私は柄にもなくしんみりしたりする。

『弁慶』のどこが股旅小説かと思われようが、私は股旅系の心根の原点は弁慶にあると思っている。昔からそう信じて疑わなかった。長谷川伸の定義に出会った時、「やっぱり!」と意を強くした。定義はすべて弁慶に当てはまる。水野泰治の『弁慶』は史蹟を紹介しながら、平易に心根を解き明かしている。

それにしても、股旅小説を読むたびに思う。男というものは何と強くて、何と弱いものかと。そして、何といとおしいものかと。

妻の恋

ある日、私のところに一通の手紙が届いた。差出人は見知らぬ男の人である。

「拝啓　突然ですがひと言申し上げます」

手紙は切り口上で始まっており、便せんに五枚近く、次のようなことが書かれていた。

「私はＮＨＫテレビの新銀河ドラマ『妻の恋』が怖くて、どうしても妻に見せたくありません。ですから、八時四〇分になると、妻に『風呂に入ったらどうだ』とさりげなく言います。しかし、妻は『あとで。ドラマが始まるから』と口答えし、テレビの前に座っては、『古手川祐子の気持ち、わかるわ……』とつぶやいたりします。私は七〇歳を過ぎており、体も丈夫ではありませんし、今から妻が男を作って出て行ったりしては生きていけません。第一、『妻の恋』が始まる以前は、私に口答えをするような妻ではありませんでした。

ＮＨＫともあろうものが、こんな危ないドラマを作っていいと思っているのですか。私は内館さんが結末を危険なものにするならば、会長様に抗議文をお送りする所存でおります」

至って大真面目な手紙であった。その後、結末が放送されると、同じ人から再び手紙が届いた。今度は礼状である。

「平和で心あたたまる結末に、感謝致しました。さすがにＮＨＫです」

必殺てのひら返しとはこのことである。今回のドラマに関しては、賛否両論の反響を驚くほどたくさんいただいた。

私はテレビドラマの脚本家としてデビューしてから七年になる。まだフリーライターであった当時、私の仕事の九割は日本放送出版協会の「ドラマガイド」であった。ＮＨＫの大河ドラマや朝のテレビ小説に出演する役者さんのインタビュー記事やロケ便りを書く。

いつでもクランクイン直後の、殺気立っている現場で取材をするわけであり、スタッフにしてみれば迷惑なことが多かったはずである。ところが、どのスタッフもいつでも最大限の協力をしてくださった。ピリピリしている役者さんに近寄れず、遠くからうかがっている時に、チーフプロデューサー自らが私を引っ張って行ってくださったことさえある。

私は無名のフリーライターであり、私に優しくしたとて何の利益もないのに、ドラマ部のどなたからも、本当に細やかな心配りをいただいた。忘れられない。

今、『妻の恋』のように賛否のどちらであれ、多少なりとも反響のあるドラマを書くと、あの頃の恩返しができたようで、無条件に嬉しい。

同級生からの電話

この正月、NHKで『坊っちゃん』のスペシャルドラマが終了するや、わが家の電話が鳴った。高校の同級生からである。

「内館、お前サァ、死んだらあの世で夏目漱石に詫びを入れた方がいいぞ」

彼は大まじめにそう言うと、電話を切った。私が書いたドラマ脚本の『坊っちゃん』は原作を大幅に変えたものであり、彼は「絶対に漱石はあの世で怒ってるよ」と言うのである。

私はNHKから『坊っちゃん』のお話を頂いた時、まず原作を読み返した。中学生の時に読んだきりであり、実に三〇年ぶりである。中学生の時は「宿題だから読んだけど、何か退屈しちゃった」が本音であった。それだけに三〇年たっても不安はある。読み返してもやっぱり面白くなかったら、このお話はご辞退しようと決めていた。

読み返した。イヤァ、面白かった。漱石という人は何と洒落た男だろう。その面白さたるや半端ではなかった。私は大文豪にほとんど惚れてしまっていた。この洒落たモダニズムは中学生なんぞにはわかりっこないと、つくづく思った。そして、私はすぐに引き受けた。坊っちゃん役が本木雅弘さんというのも嬉しかった。彼は平成という時代の先端を行くモダンボーイである。時代に喧嘩を売るような本木は、まさしく坊っちゃんそのものであると思った。

脚本化する上で、一番考えたのは「切り口」である。原作をそのままドラマにするのでは、「今」の時代に放送する意味がない。なぜ今、『坊っちゃん』なのか。

私は一ヵ月というもの、ひたすら原作を読み返した。今の時代に通ずる「切り口」のヒントが、原作にきっと隠されている。ところが見つからない。原稿締め切りは迫ってくる。焦りが頂点に達した時、おもわず声をあげた。こともあろうに、原作の第一行目にあった。

「小供の頃から無鉄砲で、損ばかりしている」

これだ！　と思った。バブルがはじけ、リストラが叫ばれ、「俺って損ばかりしてるんだよなァ……」と思う人たちは少なくないはずである。元旦にドラマを通じて「今年は元気にやろうよ。損してると思っても、人生って帳尻が必ず合うんだから」というエールを送ることができたら、と思った。すぐに私は、

「人生損ばかりのあなたに捧ぐ」

という副題をつけ、この「切り口」で脚色した。ヘビースモーカーのマドンナをはじめとし、原作からは確かに離れたものになった。しかし、原作を和船と考えたとき、私はホバークラフトにはしたと思う。が、飛行機にはしていない。飛行機にしては原作の味が失《う》せる。それは無節操なことである。

洒落た漱石は、きっと私の脚色を怒らないだろうと信じている。あの世に行ったら、とびっきりのブランデーを抱えて、惚れた男を訪ねたいと思っている。むろん、詫びずに飲み明かすのである。

丸ごとキャベツ

テレビ小説『ひらり』の中で、私は寝転がってキャベツばかりを食べている男を登場させた。

石倉三郎さんが演じてくださった「深川銀次」である。

銀次は四三歳の独身で、トビ職。ザルの上にドンとキャベツを丸ごと置き、キャベツの葉を一枚ずつはがしては口に入れ、酒を飲む。寝転がったまま父親役の花沢徳衛さんに言う。

「しかし、キャベツって日本一うめえもンだよな」

そんな銀次の姿が毎朝茶の間に流れるや、テレビ局にも私のところにも抗議の手紙や電話がずい分寄せられた。その多くは、

「子供が銀次のまねをして困っています」

「世の中にはおいしい物がたくさんあるのに、生のキャベツが一番おいしいなんていう教育を子供にしていいはずがない」

というものであったが、私は最終回まで「丸ごとキャベツ」の銀次を変えなかっ

た。

私は「食べ物にこだわる男」をカッコいいとは思えないのである。あげく、能書きなんぞたれる男は最悪の極み。老舗の味や一流の料理をさんざん食べていても、とりあえず「食べ物はすべておいしいものだ」という姿勢が感じられる方がずっとカッコいい。

昔、あるホームパーティーで、主催者夫人の手料理を一口食べるや、ある男がつぶやいた。

「この魚、冷凍だな」

そして彼はそれっきり、他の皿にも手をつけなかった。夫人が気にしているのがわかったので、私がつつくと、彼はささやいた。

「まずい物は残した方が、彼女の手料理が上達する」

正論かもしれぬ。しれぬがこんな男はデエッ嫌えだ。

キャベツでも冷凍の魚でも「うまいッ」と言って平らげる男に育てることこそが、教育だと私は信じているのである。

『ロード』

ロックンローラーの高橋ジョージと会って飲んだり、しゃべったりするたびに、私は笑う。

「何だか、出来の悪い弟みたいな気がするわ、ジョージって」

そのたびに、彼は叫ぶ。

「弟はいいけどさァ、出来の悪いってのはないんじゃないのォ!!」

それでも言ってしまうが、この「出来の悪い弟」は実に面白い。何しろ、頭の回転が速いので、会話がめっぽう魅力的である。

私が初めてジョージに会ったのは、テレビ朝日の正月スペシャルドラマ『転職ロックンロール』を準備している時であった。これはエリートサラリーマンが、ロックへの夢を捨てきれず、ロックンローラーに転職してしまうという物語である。常日頃、演歌しか聴かない私であるが、ジョージが歌う『ロード』の、プロモーションビデオを見ており、「THE虎舞竜」は何となく気になるグループであった。それだけに、このドラマをつくる時、私はスタッフに言った。

「主役は本物のロックンローラーでないと、ウソくさくなると思う。私も一度も会ったことはないけど、高橋ジョージってどうでしょう。きっといいと思うの」

高戸、中曽根の両プロデューサー、松本監督はみんな私と同年代で、みんな仲間という感じであり、フットワークもいい。すぐにジョージに会おうということになった。初対面だというのに、私たちとジョージの会話はビュンビュンとうなりをあげた。「このドラマはきっとよくなる」と誰もが確信し、事実、放映後の反響は大きかった。

その後も、ジョージと何度か飲んだ。彼はいつでも熱っぽく語る。

「俺、『ロード』を映画にしたい。こういう純な愛情というのを、誰だって持っているんだもん。世間から悪ガキ扱いされてるようなヤツらだって、心の中は絶対に純なんだ。俺、よくわかる。だからいつか、絶対に最高の映画にしたい。俺、頑張るからな」

私はその熱っぽさを見ながら、いつも心の中で思っていた。「出来の悪い弟にしてはロマンチストで一直線で、夢を追ったりして、悪くないよ」。そしてとうとう映画にしてしまったのだから、夢というものは持てば必ず叶うのだ。

映画の田辺プロデューサーから、

「いい映画になったよ」

と電話があって間もなく、私の父が急死した。出来の悪い弟は葬儀にかけつけてくれた。その茶髪が父の遺影に手を合わせているのを見た時、私は涙があふれてきた。

「これからもずっと、夢を追っかけなきゃダメだよ。出来の悪い姉貴、めげるなよ」

と、茶髪がそんな風に言ってる気がして、私は耳の奥に『ロード』のメロディが響くのを感じていた。

III　女たちと

友達の結婚式

結婚式のシーズンがやってくる。

この時期になると、私は女友達との小さな出来事を思い出す。彼女と私は同じ会社に勤めていたのだが、二人ともいわゆる適齢期を過ぎかけ、二七歳くらいであったと思う。

あの頃、周囲の結婚ラッシュは想像を絶するものがあった。学生時代の友達、会社の友達、隣近所の娘たちがもう次々と結婚を決めていく。それは、ドミノ倒しに近いといってもよかった。

そんな中である日、女友達が私にそっとにじり寄って来て、言った。

「牧ちゃん、話があるんだけど」

私は「ついに来た……」と思った。にじり寄って話があると言われるだけで、内容など聞かなくてもわかる。彼女も結婚が決まったに違いない。が、実はそうではなかった。彼女は大きな紙袋を私に差し出した。

「これ、来週の日曜日まであなたの家に置いといてほしいの」

見ると、紙袋の中にはまだ値札のついているドレスが入っている。わけがわからずにいる私に、彼女は目を伏せた。

「日曜日、友達の結婚式なの。これを着ていくつもりで買ったんだけど、その人が結婚すること、うちの母に話してないのよ」

私はすでに、女友達の気持ちが痛いほどわかっていたが、彼女はつらそうに笑って言った。

「話せばまたショックを受けるでしょ。それじゃなくたって私が残ってることで、親はすごく焦ってるしね。何か親に悪くてサ。これ以上、可哀想な思いさせたくないから」

そして、結婚式当日、彼女は我が家の近くの駅で紙袋を受けとり、式場に出かけて行った。母親には「ちょっと近くまで買い物に」とでも言ったのか、いかにもそれらしいスニーカーにジーンズ姿であった。

今、私のところには若い女たちからたくさんの手紙が来る。ほとんどはテレビドラマや単行本の感想だが、自分の恋や結婚について思わず本音を書き添えてしまったというものも少なくない。なかなか結婚できない人や、不倫の恋にある人は、必ずといっていいほど書いてある。

「親が可哀想で、悪いと思ってます」

私たちが二十代の頃も、今の二十代も大差ないなァ……とため息が出る。とかく、「今時のギャルは」と言われがちだが、多くはマスコミが叩くよりずっと純であり、いたいけである。親を幸せな気持ちにしたいと思っている。

紙袋の出来事から一八年がたち、何ということか、私も彼女もいまだに結婚できずにいる。が、たまに会ったりすると、彼女はあの頃よりずっと生き生きした顔で言う。

「何であんなに結婚を焦っていたのかしらね。張り切って生きる道なんて、いろいろあるのにね」

適齢期の娘を持つ母親に、この言葉を差しあげたいと思うのはハイミスの強がりに聞こえるだろうか。

人生のめど

ある夜、女友達から電話があった。彼女は四十代の独身で、リストラで会社をクビになり、あげく腰痛に泣いている女である。そして、いつも口ぐせのように、

「私って不幸のてんこ盛り女よ」

と嘆いている。そのくせ、焼き肉を三人前たいらげたりするから、実に愛すべきキャラクターといえる。その彼女が、電話の向こうでいつになく沈んだ声で言った。

「私、人生において一番つらいことが何なのか、やっとわかったわ」

そして一気にまくしたてた。

「一番つらいことってね、『めどが立たない状況』なのよ。これが人生における最大の苦しみよ。私なんて結婚のめども立たないし、再就職のめども立たないし、腰痛が治るめども立たないの。努力してもめどが立たないほどつらいことってないわよ。行けども行けども暗闇なのよ。生きてる意味もないのに、葬式のめども立たないんだから」

これにはうなった。よくわかる。

私がかつて会社勤めをしていた頃、まったく人生のめどが立たなかった。結婚のめども、転職のめども立たない。行けども行けども暗闇で、人生にさめた時期さえあった。それでも何とかしなくては……と、勤めのかたわら、脚本家養成学校に通ってみた。すると一年後、雑誌の小さなコンクールに応募した作品が、佳作をもらった。嬉しかった。世の中というところは、こんな思いがけないことが起こるのだと目がさめた。闇の向こうに、針の穴ほどの光が見えたと思った。今にして思えば、あの光は私の「めど」であった。

彼女の電話からしばらくたった日、弟が突然、大連に転勤が決まった。弟は香港に七年間駐在し、しばし日本にいたと思ったら今度は大連である。実家の両親も、弟の妻の両親も淋しがり、聞くことはひとつである。

「何年くらいたったら戻れるの?」

弟の答えはいい加減なこと、この上ない。

「行ってみなきゃわからないよ。五年かなァ、七年かなァ、八年かなァ」

そして、こっそりと私に囁《ささや》いた。

「何年って断言すると期待するだろ。めどが立ってて、それが裏切られるとショックも倍だからサ。めどが立たないって言っておけば、望外の喜びってヤツがあるわけだ」

これにもうなった。よくわかる。

私が暗闇の中を歩いていた頃、これから先、私の人生にはいいことなどないと思っていた。だからこそ、あの針穴のような光は望外の喜びであった。めどが立っていたら、来るべきものが来ただけと思っただろう。期待していた光より小さいといってしらけていたかもしれぬ。

「めど」というものは、立たなくてもいい気がする。小さな望外の喜びに反応できるのは、めどが立たないからこそである。私にしてもこの先のめどはまったく立たない。ただ、思いがけぬ何かが起こりうる以上、人生にさめることだけはもうしたくない。

変わり者

遠くに引っ越した女友達から手紙が来た。

「近所に同年代が多くて、すぐに友達ができました。早くも井戸端会議を楽しんでます」

この手紙を読み、私は数年前の出来事を思い出した。

もう時効だから書くが、私はある地方の、ある昼食会に招かれたのである。それは主婦たちのサークルで、「友達づくりが下手で、さびしい思いをしている奥さん」の集まりだと聞かされていた。

出かけてみると、一五人ほどのメンバーはみんなおしゃれで、よく笑うし、話すし、楽しい。私はどうしてこの人たちに友達ができないのか、不思議でたまらなかった。

ところが、しばらくたつうちに、彼女たちが同性に嫌われる理由がわかってきた。

一五人ほどのほぼ全員が、異口同音に言うのである。

「私たちってみーんな、変わってるの」

「私たちって失格主婦の集まりなのよ」

「だからマジメな普通の奥さんとじゃ、話が合わないの。困ったものよねえ」

私はこれだけでも鼻についてたまらなかったのだが、そのうちにもっとおぞましい展開になっていった。お互いがほめあうのである。

「あなたって、ホントに変わってるわ。とても普通の主婦には見えなくて面白いわ」

「イヤだァ。そうかしらァ。でも、あなただってダメ主婦よ。だけどそこがいいのよね」

私は内心へきえきし始めていた。私にしてみれば、彼女たちのどこが変わっているのか、全然わからない。どう見ても、おしゃれな普通の奥さんであり、善し悪《あ》しは別にしてもキャリアウーマンには見えない。もちろん、ロックシンガーにも見えない。ところが、話はこれだけではすまなかった。もっと具体的に、もっとおぞましくなっていった。それはお互いの慰めあいである。

「友達ができなくてもしょうがないわよ、私たち。だって井戸端会議でうわさ話してる時間があれば、文庫本が一冊読めるもの」

「そうよね。ワイドショーの話も時にはつきあうけど、何か自分が情けなくなるの」

「だから変わってるって言われるのよ」

「夫もかわいそう。私、昨日なんて夕食つくらないで、国会討論会のテレビ見ちゃった」

私は終了後には疲労困憊《こんぱい》していた。こんな女たちなら私だって友達になりたくない。だいたい、自分自身のことを自分で「変わっている」という人間にろくな者はいない。少なくとも私はそう思っている。変わっているかどうかは他人が言うことであり、自分で言っては単なる自己陶酔である。第一、「変わっていること」がそんなに嬉しいことなのか、すてきなことなのか、理解に苦しむ。それに、ワイドショーを見ないで国会討論会を見たり、文庫本を読むことが、それほど変わっていることなのだろうか。少なくとも、あんなに声高に力説してアピールするほどの変わり方ではあるまい。

「失格主婦なのよォ」と自己陶酔する妻を、私が夫なら「恥を知れ！」と一喝する。

陽はまた昇る

四十代の主婦たちがリストラで職場を追われ、新しい仕事が見つからずに悩んでいるという新聞記事を読んだ。

彼女たちがつらいのは、収入の道が閉ざされたことばかりではない。むしろ生き甲斐を失ったことに悩んでいる。自分が社会から必要とされない人間であることをつきつけられたような切なさも、よくわかる。

こういう状況に対し、新聞には多くの人たちから「ボランティアに取り組もう」という意見が寄せられていると書かれていた。

誤解を承知で言うが、私は「またボランティアか」と思った。何か生き甲斐を失うたびに、周囲が二言目には「ボランティアをやりなさいよ」と言うことに、私はずっと疑問を感じてきた。

一〇年前、私は脚本家になりたくて、一三年間勤めていた大企業を退職した。退職したものの、仕事はほとんどない。私は毎日のように映画館に通い、そして片っ端からシナリオ集を読みあさっていた。舞台も観たし、コンサートにも行った。すべてが

脚本家になるための勉強だと思っていた。しかし、何ら社会的責任もなく、評価もない日々は虚《むな》しかった。それでも、

「今は自分を磨きこむ時期なのよ。焦ったら負けよ。磨いていれば必ず陽はまた昇る」

と信じていた。信じることが生き甲斐でもあった。ところが、周囲は私が生き甲斐をなくしたと思ったらしく、あちこちからボランティアの誘いがかかる。私は正直なところ、他人に優しくなれる心境ではなく、断わるたびに受ける蔑《さげす》みの目に困り果てていた。

そして脚本家になった後、私は著名な女性ニュースキャスターと「ＯＬのお茶くみ」について話したことがある。彼女は軽やかに言ってのけた。

「お茶くみがどうしてイヤなのかしら。私なんて自発的に楽しんでいれてますよ」

これは違う。ニュースキャスターという本職で自己存在を証明できているから、お茶くみも楽しめる。しかし、多くのＯＬは企業の中で自己の存在がアピールできずに悩んでいる。そんな中でお茶くみとコピーとりが本職では、これは楽しめるわけがない。

ボランティアというものも、どうもそれに近いように思う。どこかに自己存在を証

明できる分野を持っていないと、ボランティアは生き甲斐になりにくい。むろん、ボランティアそのものが自己存在の証明になる人は最高である。が、仕事であれ、子育てであれ、趣味であれ、何かひとつ「最も私らしい世界における自信」を持っていないと、他人に優しくなれない人も多いと思う。それは責められまい。

最近、弁護士で福祉コーディネーターの堀田力さんとお会いした折、「ボランティアは自分流のやり方で、無理せずに、長く続けるのがいいんです」と言われた。

リストラされて仕事がない時は、自分に磨きをかけておくのもひとつの手段だ。それは生きる張りにつながり、やがては自分から「他人の力になりたい」という方向へ必ず動いていくものだと思うのである。

みじめな思い

東京・江戸川区に住む一四歳の少年が、いじめに耐えられずに自殺したという新聞記事を読んだ。彼は姿形から「タイ米」とはやされていたという。おそらく、やせた少年だったのだろう。

「そんなことで、何もそこまで思いつめなくても……」と思うのは「大人の道理」である。むろん、それ以外のやり方でもいじめられていたであろうが、少年少女にとって、容姿をはやされるということは、十分に自殺の動機になると思う。

私は幼稚園の頃、大変ないじめられっ子だった。手足も体も小枝のようにやせた五歳であり、あげく、過保護に育てられすぎて、社会性がまったくない。一人の友達もつくれず、自宅以外の場所では声というものを出したことさえなかった。いじめっ子たちは私のまわりを取り囲み、私の手を持ちあげる。

「さわると折れそ！」

一人が言うと、みんなが笑って叫ぶ。

「さわると折れそ、さわると折れそ」

今となってみれば、男の人に手を取られて、

「さわると折れそうだね」

などと言われてみたいものだが、当時は来る日も来る日もそれをやられて、私は本当に毎日がつらかった。そのうちに、いじめっ子が来ると、身を隠すことを覚えた。物陰に息をつめて隠れながら、いつでも悲しかった。その悲しさは、今になると「自分がみじめ」という感情であったと思う。

いじめられっ子が一番つらいのは、「みじめな思い」を強いられるからである。今時の陰湿ないじめは特にそうであろう。満座の中で笑い者になり、その上に暴力も加わるとあっては、いつもオドオドと生きていかざるを得ない。確かに体に受ける傷の痛みは大きい。五歳であれ一四歳であれ、人間の尊厳を傷つけられる痛みはとてつもなく大きい。しかし、「みじめな思い」にずっと耐え続けていたら、必ず精神的に破《は》綻《たん》が来る。「死ねば楽になれる」と思っても不思議はない。

誰しも、生きていれば他人を傷つけることもあるし、意識して意地悪をすることもある。ただ、私は他人を「みじめな思い」にさせる意地悪だけはやってはならぬと思っている。これほど卑劣なことはない。

自殺した少年の遺書には、いじめっ子の名前が明記してあったという。いじめられ

っ子にしてみれば命にかえた報復であり、これは責められまい。しかし、名指しされた少年たちの親の気持ちを思うと、やはり胸が痛む。親たちは、自分の子供が他人を死に至らしめるまで苦しめていたとは思いもしなかったろう。

親になったことのない私が言うのは無責任かもしれないが、すべての親は我が子を信じる前に、一般論として楔《くさび》を打っておいた方がいいのではあるまいか。

「いじめたら相手は自殺するかもしれないのよ。その時、いじめっ子の名前を遺書に書くのは当然よ。いじめた方の一生もメチャクチャになるの。いじめっ子がいたら、やめさせなさいね」

「信じないでかかる」ことも、時に大切だという気がしてならない。

オバサンくさい人

女には「オバサンくさい人」と、そうでない人がいる。何が違うのかと考えてみて、理由のひとつがわかった。

「オバサン」は「カッコつけない」のである。カッコつけない女たちは、どんどんオバサン化する。それに気づいて以来、私は自戒をこめて「オバサン指数」を持つことにした。独断的な基準だが、この数値が高くなるとオバサン化が進んでいることだと、自分に赤信号をともす。

幾つも項目があるのだが、たとえば美容院で若い男性美容師と会話をする際、やたらにはしゃぐのも赤信号。若い男に嬌声《きょうせい》をあげるのは「オバサン指数」の上昇だと、私はわが身をいましめる。

そして今、新しい基準項目がひとつ増えた。

「葬式好き」である。

なぜか「葬式」と聞くと異常に張り切る女たちがいることに気づいた。むろん、近親者の葬儀ではなく、もう少し遠い人たちの場合であるが、異常に張り切るのは、どうもオバサンに多い。若い女や男たちには、その兆候が見つけにくい以上、これも「オバサン指数」と考えられる。

この半年間ほどの間に、何件か葬儀があったのだが、どこの葬儀でも、故人の死に至るまでを説明してくれる女と出会った。芸能レポーターのように沈痛な声で、見知らぬ私にまで教えてくれる。

「前日までは炊き込みご飯を食べていたんですが、四時一八分に急変しまして、四時五三分に心臓マッサージを……」

克明に時間まで覚えているとあっては、誰にでも繰り返し語っているのであろう。

そんなある日、女友達がうんざりしたように電話をかけてきた。聞けば、知人の父親が亡くなり、その知人と特に親しいわけでもない女たちが、葬儀の手伝いに行こうとしつこく誘うのだという。断わった彼女を、女たちは「冷たい」と怒ったらしい。

そして、彼女が告別式に行くと、女たちは受付をやったり、お清めの席で酌をして回ったり、

「はた目にも喜々として動き回っているのよ」

とのこと。彼女はそれを見て、

「恥ずかしかった……」

と、電話口でつぶやいた。

「冠婚葬祭」はいわば「非日常」である。可もなく不可もない退屈な日常の連続の中にあっては、「非日常」にときめいてしまうのは本能だと思う。それに、生前の故人と親しかろうが親しくなかろうが、葬儀の席でテキパキと働いてくれる人たちは、遺族にとっても助かることがあろう。

それにしても、である。やはり、葬儀があると「喜々として」張り切る女というのは、同じ女から見ても恥ずかしいものがある。

誰かが亡くなった時、悲しみよりも「非日常」のときめきを強く感じたなら、それは張り切ってはみっともない間柄なのだ。それを基準にした方がいいように思う。

「オバサン」は時に愛らしいし、「オバサンになって何が悪いのよ」と居直る人も少なくはない。が、女が本心から「オバサンになりたい」と願っているとは、私には思えない。それなら、各自が「オバサン指数」を持って、「カッコつける」ことも、多少の予防になるのではあるまいか。

ケチな女、ケチな男

金曜日の夜、我が家に女友達が三人訪ねてきた。主婦あり、独身ありのにぎやかな仲良しである。ワインの酔いも手伝って、話は弾みに弾み、そのうちに「ケチについて」というテーマにいきついた。

二人が口火を切った。

「ケチな女って大っ嫌い」

「あら、私、ケチな男の方が嫌いだわ。この間なんか、二人で三〇〇〇円のランチ代を、私と割り勘させた男がいるのよ」

「そんな男、論外よ」

「でも男って自由になるお小遣い、少ないものなのよ。割り勘でいいじゃない」

「だけどその男、レジで『領収書下さい』なんて言ったのよ。最悪」

「それはあなたが悪いわよ」

「何で私が悪いのよ」

「女のデリカシーが足りないってこと。男がお金を払う時はサッと外に出て待つの。

女がべったりと横にいたんじゃ、『領収書下さい』って男が言いにくいでしょ。そのくらいの気配りしなきゃダメよ」

「待ってよ。割り勘よ。割り勘にデリカシーや気配りしてられないわよ。それにランチには向こうが誘ったのよ」

私ともう一人が加わった。

「誘っておいて割り勘か……。それは特上のケチかもしれない」

「私なんてね、この間、女友達にバーゲンに誘われたのよ。そしたら自分は何ひとつ買わないで、私にすすめてばっかりなのよ。こういうのってすごく気分悪いわ。私だけが浪費家みたいで」

「単に気に入ったのがなかったんじゃない？」

「違う。『これ、いいわね』とかってさんざんいじり回したあげくに、『今回はやめとこ』って言うの」

「いるいる、そういう女。嫌われるのよねえ」

「この前、女友達とレストランに入ったのよ。そしたら彼女、お料理が出てくるたびに『これ、どうやってつくるのかしら。今度家でつくってみよう』って言うの。出てきた皿の数だけ言うのよ」

「それって主婦の本音だと思うけど、口に出すといじましいよね。でも、そういう女ってすごく多いわよ。何か貧乏くさいのよね」

「そうよ。プロの味と家庭の味をゴッチャにするのは、心のケチよ」

「あなた、いいこと言うわ」

「私ね、ある女にサ、毛皮買った話だのヨーロッパに行った話だの、週に二回ゴルフに行く話だのを聞かされまくって、コーヒー代を払わされたことがあるわ」

「わかる。必ずレジに遅く来る人、いるのよねえ。自分のためにはお金をいくらでも使うけど、他人のためには一円も使わないっていうのが何よりも最悪のケチよ」

「そういうケチは顔つきがみんな下品よ」

「本人は周囲が気づいていないと思ってるけど、みんな気づいていて嫌ってるものなのよ」

　そう言いながら、彼女たちは残ったワインやらおすしやら、古週刊誌の果てまで抱えて帰っていった。

禁ガキ車

先日、新幹線「ひかり」に乗った。乗って驚いた。グリーンの禁煙車であったが、親に連れられた子供たちであふれかえっている。秋の連休という時期を考えれば当然のことであるが、私はゾッとした。おそらく、「快適」からはほど遠い旅になるであろうと予測がついたのである。

その予測は甘かった。「ほど遠い」どころの騒ぎではなかったのである。拷問といおうか悪夢といおうか、車内は阿鼻叫喚《あびきょうかん》の地獄。

改めて気づいたのだが、子供というものは「出入り」して遊ぶ。トイレに行き、戻り、水を飲みに行き、戻り、ゴミを捨てに行き、戻る。あげく「あっちの車両の探険に行こうぜ！」と叫んでは行き、戻る。そのたびに自動ドアは開き、閉じ、開き、閉じ。私は不運なことにドアから二つ目の席に座っていたので、落ちつかないことこの上ない。

そのうちに幼い兄妹が喧嘩《けんか》を始めた。カン高い声でののしりあい、やがて妹の方が激しく泣きわめき出したのだが、母親が止めている様子はまったくない。よほど注意しようかと思った矢先、私の近くにいた老紳士が、後部座席の別の男の子にやさしく言った。

「坊や、テーブルをバタバタしないでね」

坊やは老紳士の席についているテーブルを、出したりしまったりして遊んでいたらしい。それは当然、老紳士の背中に響く。注意はもっともである。ところが母親は不快そうに坊やに言った。

「オジチャンが怒るからやめなさいッ」

お話にならない。これを聞いて、私は注意することをやめた。こんな返答をされては私なら喧嘩になりかねない。この間も、自動ドアは開いたり閉じたりしっぱなしである。

私はつくづく考えてしまった。グリーン車に何千円かのお金を払うのは「快適な環境」を買うためである。しかしよく考えてみると、「快適な環境」は初めから約束されているものではなく、今回のように乗ってみなければわからない。

「子連れはグリーンに乗るなって言うのなら、それは差別だわッ」

という声があろう。私はそうは言っていない。しかし、何かおかしくはないだろうか。

タバコを吸わない人たちは、「禁煙車」を勝ちとった。周囲の健康までをおびやかす喫煙者を「公害」として、遠くにお引き取り頂いたのである。タバコを吸わない人は、「快適な環境」を約束されている。「禁煙車」である以上、乗ってみなければわからないということはない。

それなら子供はどうか。「子供が騒いでも周囲の健康はおびやかされない」と言うなら、それは我が子可愛さの親の思いこみである。騒々しい子供が周囲に与えるストレスは多大なものがある。

親が「グリーン車は環境を買った人たちの席」ということを認識し、子供に注意できるならば何の問題もない。しかし、今回のようにあまりにも無責任な親を見ていると、電鉄会社は「禁ガキ車」を真剣に考えるべきだと思わざるを得ない。

「公害」は何によらず遠くにお引き取り頂かないと、それこそ差別である。

続・禁ガキ車

前回、この欄で私は「電鉄会社は禁ガキ車をつくるべきだ」と書いた。新幹線のグリーン車に乗った際、子供の騒々しさに加えて、注意しない親に怒りを覚え、「グリーン車にお金を出すのは、快適な環境を買うためであるのに、子供が騒々しくてはお金を出す意味がない」という趣旨のことを書いた。

これに対し、読者の方々から新聞社にたくさんの電話や手紙が寄せられた。

静岡県のHさん（三四歳、五歳と二歳の二児の母）からの手紙にはこんな一文があった。

「ものを書くことを職業とされている方の言葉には反論もできないばかりか、世間一般の方々にとても強い被害者意識を植えつけかねない、とても強い影響力を持つ事をわかってほしいのです（原文のまま）」

そして、私が騒々しい子供にその場で注意を与えず、「後で記事になんて、ちょっとズルい気もします（原文のまま）」とあった。

そこで一方的にならぬよう、反響をかいつまんでご紹介したい。

反響は大きく二つの意見に分類された。

1. 子供というものはどんなに注意しても聞くものではない。しばらくは静かにしていてもすぐに騒ぎ出す。注意し続けているうちに親の方が疲れてしまう。

2. 「禁ガキ車」をつくってほしい。親が周囲に気がねしているのをご承知だろうか。気がねせずに親も旅をしたい。

私が意外であったのは「子供なんだからしょうがない」という意見を正面切って訴えた手紙が一通もなかったことである。不思議に思い、頂いた手紙をすべて何度か読み返しているうちに、苦笑した。さすがに今時の母親というのはみごとである。実にうまいレトリックを駆使する。

「内館さんの意見はごもっともです。母親の私でさえ子供の騒々しさには参ってしまいます」などという書き方をしながら、次のような言葉を目立たぬように埋めている。

「子供とは元気な者なのだ、とそのまま認めていく方がいいのかな?（原文のまま）」

「しかし、ご自身の子供の頃のことを考えてみて下さい（原文のまま）」

「育児書を自分流に解釈し、『叱らないこと』に決めている母親がいることも確かです（原文のまま）」

「子供が立ったり座ったりする度に注意するのを聞いて、『子供なんだから仕方ないわよ。あんまり叱らないでね』と言って下さる方もいらっしゃいます（原文のまま）」

レトリックを駆使した長文の手紙の数々は、結局、「内館さんの意見はよくわかるが、子供なんだから大目に見て、お互いに歩みよりましょうね」ということだろう。

が、現実に騒々しい子供にストレスを抱える乗客がいるということを認めろ、そして 子供は騒々しいものであるということを認めると、どう歩みよればいいのだろう。具体的に考えれば、やはり「禁ガキ車」をつくることが一番ではなかろうか。

いや、私もせめて言葉から歩みよって「親子列車」としておこうか。

幸せのたれ流し

「禁ガキ車」については、賛否両論の反響を本当にたくさん頂いた。否サイドの多くは「内館さんは虚《むな》しくて、淋しくて、優しくない女ですね」というのが目立ち、中には「嫌いになったので、あなたの書いたドラマは見ません」という、テレビ局のプロデューサーが聞いたら卒倒しそうな手紙もあった。

私は今、『寝たふりしてる男たち』というドラマを放送中であり、見て頂けなくなっては困るし、今月は私も「寝たふり」をして口あたりのいいことを書こうか……と、しばし悩んだ。が、やっぱり思っていることを書くことにした。

女たちの多くは、どうして子供や孫の写真を新年会などの会合で回覧するのだろう。必ずといっていいほど、ハンドバッグから数枚の写真を取り出し、回す人がいる。

「先だって結婚した娘よ。隣にいるのが婿さんの母親で、後ろが婿さんなの」

「長男のところの息子。まだ五歳なんだけど、ワンパクで大騒ぎよ」

私はそのたびに困惑する。見たこともない娘や孫の写真を束で回されるたびに、何と言ってほめればいいのか考えるだけで疲れる。まして、写真を回す人が常日頃から生き方のセンスのいい人で、尊敬する相手だったりするとガックリさせられる。この人でさえ、この程度の意識なのか——と裏切られた気持ちになる。

おそらく、読者の方々は「内館さんは独身だからひがんでるのよ。虚しい女よ、淋しい女よ。ドラマは見ないわ」とおっしゃるかもしれない。

しかし、それは論点が少しずれている。私は回覧するメンバーと場所を考えるべきだと思うだけである。親戚縁者の集まりなら、回覧すれば座がわく。また、子供や孫をよく知っている人たちの会合ならば回覧した方が話も盛り上がる。つまり、「ゆかりの人たち」が相手ならばいくらやってもいい。

先日、北陸の地方都市に嫁いだ女友達から、赤ちゃんを抱いた彼女の写真が届いた。周囲の猛反対を押し切った結婚であっただけに、私は幸せそうな写真を何回も見た。私は「ゆかりの人」だったから嬉しかったのである。

困ったことに、会合で子や孫の写真を回覧する人には注意しにくい。肉親がからむだけに傷つくのが予測できるし、幸せを共有してあげるのが優しさなのだろうとも思う。型通りにほめておくのが大人の処世術なのだとも思う。

しかし、大人ならば逆に「幸せをたれ流さない」というやせ我慢を、もう少し自分に課してもいいのではなかろうか。「写真の回覧くらいに目くじら立てないでよ。ほほえましいことよ。やせ我慢より自然体がいいのよ」という声もあろうが、場をわきまえぬ自然体は、女を下げる。

ましてや、子供や孫が欲しくてもできない人に向かって、

「お宅はまだなの？」

と悪気もなく言う無神経さを、幾度も目撃しているだけに、やはり私は「寝たふり」はできないのである。

元気が出てくる呪文

最近、よく言われる。

「しかし、内館サンっていつ会っても元気ですねえ」

とんでもない。いつも元気でいられるわけがない。ただ、私は追いつめられた時にとなえる呪文を持っている。これをとなえて、力をふりしぼる。この呪文が、肉親を亡くされた方や、たとえば阪神大震災で何もかも失った方に効くかと言われたら、そこまでは自信がない。ただ、少なくとも「苦境から立ちあがった男がいたんだ……」と思い出させ、「元気の素」のひとつにはなるような気がする。

その呪文は、

「コトカゼ、コトカゼ、コトカゼ」

と三回となえるのである。

「コトカゼ」、つまり大相撲の元大関琴風である。現在の尾車親方である。琴風は昭和五三年（一九七八）名古屋場所で関脇という地位についたが、その年の九州場所で左ひざを怪我した。その後、休場に次ぐ休場で、昭和五四年名古屋場所では幕下三〇枚目に転落。一年前には関脇だった男が幕下である。以後も同じひざの怪我に休場を繰り返すこと三年。しかし、一言の愚痴もこぼさずに稽古《けいこ》を続け、昭和五六年九州場所で何と大関に昇進した。

「関脇が幕下に落ちて、大関に上がる」

一言で言えばこれだけだが、企業でいえば、常務が平社員に落ち、そこから再び副社長になったようなものである。これはまず並みの人間にできることではない。ふてくされて、すねて、自暴自棄になって、人生をなげる方が普通である。

相撲界が一般社会よりもっとつらい部分は、番付によって歴然と差がつけられていることである。食事も風呂も番付順であり、幕下以下は土俵で塩もまけない。給料もないし、土俵入りもできない。紋付きも羽織も許されないし、大銀杏《おおいちょう》というまげも結ってはならない。

関脇にいた琴風はこれらをすべて許されていたのに、幕下に落ちた瞬間に何もかも剝奪《はくだつ》された。それまでは何人もの付き人がついていたのに、今度は自分が付き人となって世話をする立場にやられたのである。これだけでも屈辱であったろうに、いつ治るともわからぬひざを抱えている。夜も眠れぬ日が続いたであろうと思う。その間、ライバルや後輩に抜かれ、そのいらだちは他人にはとうてい理解できないものであったに違いない。

それでもきっと、琴風は「太陽を自分の手でまた昇らせてみせる」と誓っていた。きっとそうだと私は思っている。

そしてふてくされず、人生をあきらめず、前だけを向いて精進し、昇るはずのない「大関」という太陽を昇らせたのである。

私は元気がなくなるたびに、「コトカゼ、コトカゼ、コトカゼ」と呪文をとなえると、「私なんぞ、まだまだ」と元気が出てくる……というわけで、今回をもって私の土俵も千秋楽になった。たくさんの方々から頂いたお便りは、すべて一通残らず丁寧に読ませて頂いた。見ず知らずの私にペンを走らせて下さった読者の気持ちも、間違いなく私の「元気の素」になっていた。

女に好かれず、男に惚れられる女——小説『絹のまなざし』

主人公の真木恵利子は、イヤなヤツである。まず絶対と言っていいほど、女には好かれない女である。

第一に食が細い。恋人の尾坂甲介は必死になって彼女に食べさせようとして、いろいろと食の進む物を用意する。病気でもないのに「食が細い」などという女は、私なら八つ裂きにする。

そして恵利子は自分に自信がないのである。仕事は化粧品店の店長なのだが、「私は飾りものの店長、名ばかりですの」などと言う。これがポーズではなく、本心だから恐い。私ならずとも、多くの女は「フン、ブリッ子が」と蹴とばすはずである。

その上、恵利子は派手な服は気後れして着ることができない。

そして、女友達をつくることもうまくない。まだある。恵利子は唯一の女友達ともいえる村上映子の恋人と、理由があってのこととはいえ隠れて逢うのである。それが先の尾坂甲介。恵利子は「ああ、こんなことをいつまでも続けていてはいけないわ」と、これも陶酔ではなく、本気で思うのだからイラ立つ。

そしてトドメを刺すのが、恵利子が清楚な美人であるということ。こうも悪条件がそろっては、女に好かれる方が無理である。

もっと困ったことに、四五歳にもなる甲介が、こんな女に惚れていく。最初は別の理由があってのことだが、やがて恋愛感情に発展していく。考えてみれば、こんな女だからこそ惚れるというべきか。多くの男はこういう女には弱いように思う。

世の女たちがバッシングする女というのは、多かれ少なかれ恵利子とダブる部分を持っている。女たちはそれが「男に好かれるためのポーズ」であることを見抜くから、バッシングする。

が、逆に言うと、そういう女になりきれない自分に歯ぎしりし、堂々とやってのける「媚《こ》び売り女」に逆恨みをぶつけるとも言える。

この『絹のまなざし』（藤堂志津子著）の新しい面白さは、恵利子がポーズではなく、本心からそういう女であるという部分である。作者はその辺をみごとに描いている。

しかし、登場人物の中で一番面白いのは、恵利子に男を盗られた映子である。映子が一番哀しく、一番可愛い。が、おそらく、映子の哀しさも可愛さも、男には理解しにくいのではあるまいか。

甲介を通して、そのあたりの展開が何とも興味深く描けており、恵利子、映子、甲介のトライアングルは、まさに現代の男女の本音を見るようで実にスリリング。一気に読まされてしまう。そして、ポーズであれ、本心であれ、恵利子型の女が発するフェロモンに打ちのめされるのである。

しかし、もしも私がこれを原作にして脚本化するとしたら、ラストシーンは変わるであろう。我が友、藤堂志津子は苦笑するかもしれないが、女に嫌われる女をそう簡単には幸せにしないのが、私の主義である。そういう女に惚れる男にも、少々痛い目にあっていただくのは当然である。

『オペラ座の怪人』

何が嫌いかと言って、

「ニューヨークではサァ」

「ロンドンの小屋で観たんだけどね」

とほざくミュージカルファンが一番嫌いである。大っ嫌いである。

彼らは必ずその言葉の後に続けるのだ。

「日本のミュージカルなんて、やっぱり全然ダメだよ。そりゃ、本場は違うよ」

「日本のなんて観たくないな。スケールが全然違うんだもん」

私が何よりも腹立たしいのは、彼らの多くが日本のミュージカルを観ないで、言うことである。観もしないで、何が本場と違うとわかるのか。何がスケールに差があると言えるのか。

『オペラ座の怪人』の時も、私はムカッ腹を立てていた。ニューヨークやロンドンで観た人たちが周囲には非常に多く、彼らは『オペラ座の怪人』とは言わないのである。「ファントム」と言うのだよ、これが。

「ロンドンで〝ファントム〟を観たけど、すばらしいの一言だったわ」

「あ、僕もニューヨークで観た。〝ファントム〟はすごい。参ったよ」

恥ずかしいことに、私は「ファントム」というのが『オペラ座の怪人』であることを知らず、何なのかさっぱりわからなかった。しかし、一応は見栄を張って、

「ああ、〝ファントム〟ね。そのうち観るつもりよ」

と言ってはみたが、映画なのか芝居なのかもわからない。そのうちに、別のミュージカルファンがまた私に言ったのである。

「ロンドンに観に行ったのよ、わざわざ」

「へえ、何を?」

「ファントム・オブ・ディ・オペラよ」

これでやっとわかった私だが、またムカッ腹が立ってきた。母音の前につく「the」は「ðiː」と発音することは中学校で習った通りだ。しかし何もわざわざ「ディ・オペラ」と発音してまで言うこともあるまい。私は心の中で、

「ケッ。『オペラ座の怪人』と言やいいじゃないの。ロンドンかぶれのバカ女ッ」

と叫んでいた。

私はとかく、大相撲しか観ていないように受け取られがちだが、実はミュージカル

はかなり観ている。たとえば、『ジーザス・クライスト＝スーパースター』、『エビータ』、『コーラスライン』、『キャッツ』、『ウェストサイド物語』、『クレイジー・フォー・ユー』そして『オペラ座の怪人』。

思い出すままに挙げたこれらを、私はすべてロンドン、ニューヨークで観た。そして、すべて劇団四季の公演で日本で観た。

ミュージカルに関しては、私は単なるファンであり、専門分野ではない。が、偉そうなことを言わせて頂けば、一九九二年に四季の『オペラ座の怪人』を観た時、

「ああ、日本のミュージカルもついにここまで到達したか……」

と思った。そして、『クレイジー・フォー・ユー』を四季公演で観た時、

「ああ、日本人ダンサーもついにここまで到達したか……」

と思った。

私は劇団四季とは何の利害もない。浅利慶太さんにお目にかかったこともなく、四季の回し者でもない。が、本当につくづくそう思ったのである。そして、ジワジワと嬉しさがこみあげてきた。

「ロンドンでは」、「ニューヨークでは」、「本場では」とばかりほざく者どもが、ひどく田舎者に見えていた。

私は今回の『オペラ座の怪人』は、四季の真価を問われると思っている。歌やダンスでごま化せない舞台だからである。すべての出演者に芝居が要求される。怪人の孤独、クリスティーヌの女心、ラウルの愛憎、すべてが人間の心のひだである。形から入っても演じきれるものではない。

かつて、私は一度だけ四季の某公演を、途中で席を立って帰ったことがある。俳優の技量に問題があり、セリフ回しが私の許容範囲を越えてオーバーであった。

逆に言うと、四季のレベルはニューヨークやロンドンと同じように、期待外れであったら退席していいところまで来ている。それが四季をより大きくし、日本のミュージカルをより骨太にする愛情だと私は信じている。

三年ぶりの『オペラ座の怪人』東京公演には、田舎者たちを誘いまくって行くことにしている。彼らが途中で席を立たなかったら、私は「やっとわかったか」と高笑いしてやるつもりだ。そう、ファントムのようにだ。

とんでもない買い物——過激なハンドバッグ

私の「とんでもない買い物」のひとつは、過激なハンドバッグである。

私自身は全然とんでもないとは思っていない。だが、周囲があまりに驚くので、やっぱりこれはとんでもないのかもしれぬ。

平成七年八月、つい昨年のことだが、私は取材のため、講談社の編集者とロンドンに出かけた。

仕事を終えた夕方、一人で老舗の百貨店『リバティ』をのぞいてみた。さすがに大英帝国を感じさせる重厚な雰囲気の店内である。が、今や東京では世界中の品物が手に入るだけに、何を見ても感激は薄い。私は東京で見慣れた「リバティ・プリント」などを一通りながめ、特に買う物もなくホテルに戻ろうとした。

その時、通りかかったハンドバッグ売り場の一点に、目が釘づけになった。棚の隅っこに、ハート型のハンドバッグが置かれていたのである。ハート型というだけなら、別に珍しいこともない。が、このバッグ、ハート型の全面を使って、絵が描かれていたのである。

男と女がディープキスをしている絵。

何という!!　が、これが実にいい。まるでフィレンツェの美術館にあるような絵。

男は巻き毛でダヴィデのような美しい横顔をしており、閉じた瞳と額に、黄金色の光が当たっている。そう、レンブラントの絵のような雰囲気である。

女は唇を受けるために白い顎をあげ、ふくよかで真っ白な肩と背をあらわにしている。髪は青い髪飾りで束ねられ、閉じたまぶたと頬はバラ色に染まっている。ちょうど、ラファエロの描く女のようである。

私はこの、レンブラントとラファエロのキスにぞっこん参ってしまい、女店員に頼んで手に取らせてもらった。

素材は闇のような、漆黒のスエード。そこに描かれた絵は、高貴でさえある。ファスナーを開けようとして驚いた。先端にUFOの大きな飾りが二つついている。これは、ヴィヴィアン・ウエストウッドの商標であるが、高貴なキスの絵とUFOのミスマッチが悪くないではないか。ファスナーを開けて、もっと驚いた。中は一面、まばゆいばかりに輝くゴールドの裏地が貼ってある。

この高貴なんだか、単に派手なんだかわからぬバッグを、私は迷わず買った。こんな物は東京でも見たことがない。

帰国後、何よりも面白いのは、見た人たちが仰天することである。必ず言われる。

「ちょっとォ、四十代の女がこんなの持つって、おかしいわよ」

「何とも……すごいバッグですね」

「過激！　こんなの持つの、恥ずかしくない？」

何を言われようが、私は大好きなこのバッグを持ち続けている。が、実はこのバッグにはとんでもない仕掛けがあったのである。それは持ち歩いて初めてわかることであり、売り場では気づくはずもないことなのだ。

ファスナーについた二つのＵＦＯが、歩くたびにぶつかって鳴るのである。これがもう、何ともよく響き渡る。まさしく、江戸風鈴と同じ音色で、同じくらい澄んだ音で響く。

歩くたびに、チリーンチリン、チリーンチリンと、それはもうすごい。言ってしまえば、私は腰に風鈴をぶら下げて歩いているようなものである。電車に乗れば、揺れるたびにチリーンチリンであるからして、乗客は必ずギョッとして周囲を見回す。そして、音の出所を見つけるや、今度はディープキスの絵にギョッとするのである。

口うるさい女友達どもは、

「そのにぎやかなバッグ、もうやめてよ。ホントにとんでもない四十代よ、アータは」

と言う。が、私は笑い飛ばしてきた。

「何がとんでもないのよ。こんなにユニークなバッグ、そうそうないわよ」

ところが、これを持って歩くたびに、必ずといっていいほど、町で声をかけられる。

「スイマセーン。そのバッグ、どこで買ったんですかァ」

「あのォ……それと同じのが欲しいんですけど、どこで売ってますか」

全員が中、高校生である。

バッグがとんでもないというよりも、やはり、私が持つことがとんでもないのかもしれぬ。

6Bの鉛筆

私はワープロを使うことにひどく抵抗がある。もちろん、便利なものであることは承知しているし、他人からワープロの原稿や手紙を頂くことには何の抵抗もない。むしろ、読みやすくていいとさえ思っている。

が、私自身が使うとなると話は別である。私にとって、文字は「書く」ものであり、「打つ」ものではない。まして画面に勝手に文字が出てくるなんて言語道断である。

それでも一度、新型のワープロを買い、使ってみた。世の流れというものに乗ることとは基本的に嫌いではないのである。しかし、やっぱり全然受けつけなかった。文字を「打つ」と、何だか思考そのものが変わりそうで、どうしても好きになれなかった。

私は「脚本を書くための道具」に、それほどのこだわりはないのだが、どうしてもこれでなければダメというものがひとつだけある。

6Bの鉛筆である。

ワープロをすぐに放り出し、6Bの鉛筆に戻った時、全身がホッとしていたことを今でもはっきりと思い出す。

6Bの鉛筆が店頭にたくさん並んでいることはまずないので、文具店に五〇ダースずつ頼む。そして、それを全部削る。机の上に大きなクッキーの空き箱を二つ並べ、六百本の削られた鉛筆をひとつの箱に山盛りに入れる。

私は二百字詰原稿用紙を使っているのだが、一枚書くとちょうど一本の芯先が丸くなる。丸くなった鉛筆は、もうひとつの空き箱に放り入れる。

そして、六百本がすべてもうひとつの空き箱に移ったら、電動の鉛筆削りで全部削る。それらはまた片一方の空き箱に山盛りにされる。この繰り返しである。NHKの朝のテレビ小説『ひらり』の場合、二百字詰で約八千枚の原稿を書いた。六百本の鉛筆はクッキーの空き箱二つを一三回余り往復したことになる。

今までにワープロはもとより、2B、軸の太いシャープペンシル、万年筆などあらゆるもので脚本を書いてみた。が、筆圧がかからず、消しゴムで消しやすく、6Bが一番具合がいい。文字そのものが非常に速く書けるのもなぜか6Bである。

ある時、もっと柔らかい鉛筆ならもっと速く書けるのではないかと思い、銀座の画材屋まで探しに行った。そしてデッサン用の8Bを見つけた。

ところがダメなのである。柔らかすぎるのか、どうも手にも紙にもなじまない。「デッサン用」というのは、あくまでも絵のために作られた鉛筆なのだと私は妙なところで感心していた。

これだけ働いてくれる鉛筆なので、捨てるのがかなり忍びない。短くなった鉛筆はサックに付けて、また使う。

問題はどこまで短くなったら捨てるのかの判断である。私はデミタスのコーヒーカップに鉛筆を立てた時、カップからはみ出さない短さになったら捨てることに決めた。

それを聞いた友達は笑い転げたのである。

「そんな原始的な女にゃ、とてもワープロは無理だわね」

フライパンごはん

連続テレビドラマを書いている期間は、どうしても追いかけられる。ましてNHKの朝のテレビ小説となると大変。私は『ひらり』を全一五一本書いたが、二四本の台本が出来あがった時に、撮影が始まった。かなり快調なピッチで書いていると自負していたのだが、ふと気づくと二四本の貯金がすごい勢いで減っていた。

昨年、シリーズ優勝した巨人軍の長嶋監督とお会いした時、監督がおっしゃっていた。

「二一の貯金がどんどん減りましてね。振り向くともう後がない。その時の心細さといったら大変なものですよ」

まさしくその通りで、起きている限りは書くしかない。しかし、いくら「起きている限りは書く」といっても、睡眠を削ると思考が鈍る。私は結局、料理の時間を削ることにした。

何でもいいからブッタ切って、フライパンにブッ込み、炒《いた》めるのである。そして調味料を手当たりしだいにブッかけて出来あがりという、何とも荒っぽい話だが、料理にかかる時間は大幅に減った。しかし、ある時に私は女友達に言った。

「体をこわしちゃうかしら。一応は肉も魚も野菜も食べてるけど、みんな妙めちゃうってのもねえ」

女友達は栄養士なのだが、彼女は訊《き》いた。

「それ、おいしいの？」

私は答えた。

「おいしいのよ、結構」

彼女は電話の向こうでカラカラと笑った。

「なら問題なし。おいしく食べてりゃ体はこわれない。肉も野菜も魚も採ってバランスいいし、それは『フライパンごはん』という立派な料理よ。あと、牛乳だけ飲めばオッケーてなもンよ」

かくして、連続ドラマが始まるたびに、わが家のキッチンにはフライパンが出ずっぱりである。

好きなもの

今から数年前、私は『中学生日記』の脚本を何本か書いた。

そのドラマに出てくる中学生は、みんなシロウトで名古屋市内の一般中学生である。脚本を書く前に、その中学生四〇人と会っていろいろな話を聞くのだが、現役中学生だけに面白い。

ある時、プロデューサーが男女中学生四〇人に、一から百までの空欄がある用紙を配って言った。

「今から五分間で、自分の好きなものを百個書くこと。用意……ドン」

私も用紙を渡され、書いた。時間制限がある中で百個も書くとなると、これが情けないことに「好きな食べ物」しか浮かばない。私は思いつくままに、好きな食べ物を書きまくった。

「桜もち」「モヤシ」「ニシン」「サンマ」「アボカド」「カレイ」「ほうれん草」「レンコン」「貝」「わかめ」……。

確か、三〇個くらい書いたところで鉛筆が動かなくなってしまった。こういう状況下ではなかなか思いつくものではない。五分後、中学生の用紙を回収して読み、プロデューサーと私は感嘆の声をあげた。特に女子の回答はみごとであった。

「ちょっと寂しそうな背中」「七〇パーセントの幸せと三〇パーセントの不幸」「削りたての鉛筆の匂い」「雨上がりの雲の色」……。

本当である。百個をうめつくした生徒はいなかったが、あの制限時間内でこれだけ詩的なものを挙げたのである。中学生がである。

帰ってから、私は自分の発想の貧しさを嘆いた。すると女友達は言った。

「発想より食卓の貧しさを嘆くべきよ。でもまァ、野菜と魚は列挙しているし、デザートに桜もちまであるし、こんなもンか」

私はそれだけを食べていれば、確かに元気でいられる安あがりの自分を、また嘆いてしまった。

最後の晩餐

「人生最後の晩餐」と言われたら、これはもう「何を食べるか」ではなく、「誰と食べるか」である。

私は好きな男友達と女友達に全員お集まり願って、大々的なパーティーをやる。会場には私がよりすぐった演歌を流し、もちろん「会費制」などということにはせず、私が主催する。

と威張ったところで、店は「ラーメン屋」である。

私はお腹がすくと、何よりも「ラーメン」が食べたくなる。それもホテルや立派な中華料理店のやんごとなきラーメンではなく、猥雑《わいざつ》な商店街にある店のラーメンがいい。店内は油でギトギトに汚れていて、デコラ張りの安いテーブルの上にはプラスチック容器に入った醤油や酢が並んでいる。

もっと重要なことは、店の天井近くの高い場所に油で汚れたテレビが置いてあって、白い上っぱりを着たオバサンがワイドショーを見ているに限る。奥から「ラーメン、あがったよ」

と声がすると、オバサンはかったるそうに客の前に運び（汁に指などつっこんで）、すぐに再びワイドショーに見入る。

こういう店のラーメンは絶対においしいと、私は確信している。がしかし、こういう店には女はなかなか一人では入れない。私も入ったことがなく、お腹がすいても見栄を張って、泣く泣くアメリカン・クラブ・サンドイッチなどをホテルで食べている。

「最後の晩餐」となればこういう店を借り切って、日頃の憂さを一度に晴らす。ニラレバ炒めや豚肉モヤシ炒めなども並べ、華々しく賑々しい大パーティーである。

もっとも、「ワイドショーをかったるく見ているオバサンがいる」というシチュエーションにこだわりたいので「晩餐」ではなく、「午餐」にする。ワイドショーは夜はやっていないのである。

いつか、きっと

今年、私が一番快哉《かいさい》を叫んだのは、古い友人の小川英子の快挙である。

彼女は今年、「第一四回カネボウ・ミセス童話大賞」優秀賞に入選した。四四歳でやっと手にした夢であった。

私と彼女が初めて出会ったのは、二十代の後半。共に同じシナリオスクールで勉強する「脚本家の卵」であった。やがて、彼女の夢は「脚本家」から「童話作家」へと変わっていった。

私は今でもハッキリと覚えている。あの頃、小川英子が言い続けていたことを。

「いつか、いつかきっと『ミセス童話大賞』に入選するわ」

あれから一四年、彼女は毎年応募しては毎年落ちた。一三回落ちた。生まれたばかりの彼女の娘は、中学生になっていた。それでも書き続けた。自分を信じ、おそらく世間を信じていた。そう思う。

年齢は何の障害にもならぬ。才能のあるなしを自分で判断して、見切ることはくだらない。要は「思いの深さ、熱さ」である。

小川英子が友人であることが誇らしい。
いつまでも何があっても、諦めるということを知らぬ女友達が誇らしい。

和子さんへ ――担当編集者への弔辞

和子さん、あなたはずっと、私のそばにいてくれるものだと思い込んでいました。寂しくて、寂しくて、たまりません。でも、私の心は安らいでもいます。だって、あなたはやりたいことをすべてやり尽くして天国へ行ったから。私はそれがとてもうれしいのです。大恋愛して、その人と結ばれて、かわいい娘を二人も産んで、そして、名編集者としていい本を次々につくりつづけて。

和子さんが私の担当だとわかると、どこの出版社の人も必ず言ったのよ。

「豊嶋和子か。すごい人が担当だね。彼女が歩いたあとは、草も生えないというからな」

編集者にとってこれ以上の賛辞ってないでしょう。私はそれを聞くたびに誇らしくて、あちこちで

「角川の担当は豊嶋さんよ」

って言い回ってた。あなたはそれを耳にすると、

「そんなことより原稿を書いてよ」

って、あの真ん丸い顔で笑ってました。私はね、和子さん、あなたの真ん丸い笑顔が大好きでした。

あなたがほかの人より少し早く天国へ行ったことで、もしかしたら言われるかもしれない。「彼女は仕事をやりすぎた。彼女は仕事で体を壊した」って。私はそうじゃないことがよくわかっています。あなたは本当に仕事が大好きで、本をつくることに夢中になっていました。大好きなことは誰だっていつもやっていたいよね。「もっと早く休めばよかったのに」と言うのは的を外れています。あなたはどんな状況にあっても、まず、仕事を選び取ることを自分で決めた。それはお仕着せの責任感からではなく、あなた自身がやりたいことでした。

和子さん、私は、仕事があなたをつくり、仕事があなたをここまですてきに生かしてくれたのだと思っています。あそこまで夢中になれるものを持っていたあなたは、とてもとても幸せな人でした。温かな家庭と好きな仕事のなかで、やりたいことをすべてやり尽くしたあなたが、とてもうらやましい。友達として、「いい人生だったね。生まれてよかったね」と言えるんだもの。

和子さん、私は、天国でのあなたを思うと、ちょっぴり笑ってしまいます。あなたのことだから、きっと天国で、森瑤子さんに原稿の締め切りをせっついて、きっと森さんは、本当にうるさいのが来ちゃったわって、また二人でにぎやかに次につくる本のことを話すんだろうなって、思っています。あなたの真ん丸い笑顔が浮かぶようです。

あなたが安心して笑えるように、残された私たちもみんなまた笑って生きていきます。でも、私たちはずっとずっとあなたを忘れません。真ん丸い笑顔でみんなを元気にしてくれたあなたを、いつまでも覚えています。

和子さん、私はあなたと同じ時代に生まれてきてよかった。たくさんの思い出をありがとう。また会おうね。

平成六年二月一八日

内館牧子

Ⅳ シネマ

待つということ――「幸福の黄色いハンカチ」

つい先日、私は友達数人を前に言ったのである。

「私、『幸福の黄色いハンカチ』みたいな夫婦っていいと思うのよねえ。中年と呼ばれる年齢になってもサ、きっちり惚れあってる夫婦っていいわよねえ」

友達数人は一瞬絶句し、それから笑い転げて異口同音に言った。

「バッカみたい。夫婦なんてそんなロマンチックなものじゃないわよ。そんな夢を持ってるからアナタはいつまでたっても結婚できないのよ。中学生みたいなこと言わないの！」

いくら笑われても、ロマンチストとバカにされても私はめげない。「幸福の黄色いハンカチ」の高倉健、倍賞千恵子夫婦はすてきだった。とびっきりだった。

この映画は、極論すれば、あるワンシーンだけを見ればいいと私は思っている。そのワンシーンだけで夫婦愛がイヤというほどわかる。セリフや説明がなくても、もう全部わかる。それは、私が今までに見た数多い映画の中でも忘れられないワンシーンといえる。

「幸福の黄色いハンカチ」
〔写真協力：松竹〕

監督・脚本／山田洋次　原作／ピート・ハミル　出演／高倉健、倍賞千恵子、武田鉄矢、桃井かおり、たこ八郎、渥美清（'77）

ことの始まりは、刑務所に入る夫に妻が言うのである。

「私は何年でも待ってます。玄関に黄色いハンカチをつるしておくから、それが見えたら私は再婚せずに待っていたんだと思ってね」

何年か服役し、夫は出所する。妻が待っているかどうかはさすがに半信半疑で、内心震える思いである。たぶん再婚しただろうと思いつつ、祈るような気持ちで家の近くまで行く。黄色いハンカチはつるされていた。が、ここまでは誰しも予測のつく展開。問題はハンカチのつるされ方である。

これはすごかった。私の予測をはるかに超えていた。泣けた。参った。声もなかった。

ハンカチは一枚ではなかったのである。青空を縦横無尽に横切って、ウワーッと何十枚もはためいていた（＝写真）。真っ青な空の黄色いハンカチは、「アナタ、待ってるわよ」と静かに微笑する妻の、あふれるような内心そのものであったと思う。やっぱり妻たるもの、夫のためにこんな風にハンカチをつるしてほしい。何億人もいる中からめぐり合って結婚したのに、粗大ゴミだの、濡れ落ち葉だのと夫をさげすむのは、妻の思いあがりというものである。

いまだにめぐり合えずにいる私にしてみれば腹立たしいことこの上ない。夫婦はやっぱり臆面もなく愛しあってるのがいい。

顎の線——「セックスと嘘とビデオテープ」「華麗なるギャッビー」

「セックスと嘘とビデオテープ」という映画は、八九年のカンヌ国際映画祭でグランプリを受賞した作品である。

と立派な書き出しをしておきながら、とんでもないことを言うようだが、私はこの作品を観た日、「オジサン顔」と「オバサン顔」の絶対条件を発見したのである。

それは間違いなく「顎の線」である。顎の線がくっきりとシャープな人は、男であれ女であれ、年齢に関係なく若々しい。

つまり、どんなに若くても、どんなに美男美女でも、顎の線がでっぷりと肉に埋もれて、どこが顎でどこが首で、そしてどこが頬だかわからなくなると、男は突然オジサン顔に、女は突然オバサン顔になってしまう。

この映画の主役、J・スペイダーとA・マクドウェルの顎の線の何ときれいなことか。

A・マクドウェルはブルージーンズに黒いタンクトップを着て、乱れた髪を赤いバンダナで結んでいるだけなのにみごとに美しい。これが二重顎のオバサン顔では単に身の回りをかまわない女に見えてしまうだろう。

改めて考えてみると、顎の線がシャープな人はみんな洋服の着こなしがうまく、美しい。

たとえば「華麗なるギャツビー」（＝写真）のミア・ファローしかり、「コンドル」のフェイ・ダナウェイしかり、「がんばれ！　ベアーズ」のテイタム・オニールしかりである。男優にしてもそうである。もともと美男とはいえ、「アラベスク」のグレゴリー・ペック、「レベッカ」のローレンス・オリビエ、「007」のロジャー・ムーアもみんな顎の線がきれいだ。

日本の俳優、女優に対してもまったく同じことが言える。「二代目はクリスチャン」の志穂美悦子、「刺青」の若尾文子、「オーロラの下で」の役所広司、「仁義なき戦い・代理戦争」の菅原文太……。誰一人としてオバサン顔ではなく、オジサン顔でもない。

「セックスと嘘とビデオテープ」の中で、A・マクドウェル演ずる妻が、浮気をしている夫を追及するシーンがある。夫は妻の妹と関係していて、マクドウェルはそれを察して問いつめていく。その口調はまったく抑揚がなく、演出や照明の力量とあいまって実に迫力があるのだが、ここでも私は彼女の顎の線ばかり見ていた。白い絹のキヤミソールの肩ひもが本当に「女」を匂いたたせている。これはすべて美しい線が影響しているのである。

そして、ビデオカメラに向かって告白した後で、マクドウェルがスペイダーの手を自分の顔に持ってきて這《は》わせるシーン。その時の線の清潔な美しさは、カンヌでグランプリを取ろうが取るまいが一見の価値はある。

映画というのは、時にこんなにとんでもない発見をさせてくれるからやめられない。しかし、ポプコーンを食べながら映画ばかり観ていては、顎の線がなくなることも間違いない。

「華麗なるギャツビー」
〔写真協力：（公財）川喜多記念映画文化財団〕

「セックスと嘘とビデオテープ」
〔写真協力：（公財）川喜多記念映画文化財団〕

ダサイ秀作――「3人のゴースト」

私は映画を片っ端から観るタイプである。そういう観かたをする以上、当たりもあればはずれもあるのは当然である。

アメリカ映画「3人のゴースト」（＝写真）はそんな私にとって、印象深い一本である。正直なところ、当たりかはずれかはよくわからない。ただ、観終わった瞬間に私は「当たったなァ」とつぶやき、しばし座席から立ち上がれずにいた。映画館は八割程度の客で埋まっており、出口に向かう女性客は涙をふいている人たちも少なくない。

私が「参ったなァ」と思ったのは、もしも、もしもこの映画そのままを日本人脚本家が書き、日本人監督がメガホンをとり、日本人俳優が演じたとしたらどうだったか……ということである。簡単に言えば「3人のゴースト」が日本映画だったらどうだったか……ということである。

これは私のまったく個人的見解であるが、客は入らなかったであろう。涙をふく人も多くはなかったであろう。そして何よりも、日本の場合、この程度の企画では映画会社の会議さえ通らないのでは……と思ったのである。

「3人のゴースト」の主人公は冷血漢のTV会社社長である。彼は利益と視聴率のためには人を容赦なく傷つける。肉親をも老人をも平気で斬り捨てる。そんな彼の前に次々と三人のゴーストが現れ、彼を過去や未来にタイムスリップさせる。彼は幼い頃の自分を見たり、将来の自分を見たりしているうちに改心する。冷血ではなく、人間らしいあたたかさを取り戻す。それだけの話なのである。ゴーストが連れて行く過去や未来に、取りたてて斬新《ざんしん》な工夫が見られるわけでもなく、観客が十分に想像できる程度のアイデアであり、展開である。これが日本映画なら「くさい、ダサイ」の一言で片づけられている気がする。

しかし「3人のゴースト」にはどこか泣ける。どこか自分自身を考えさせられる。これはひとつには「外国のお話」ということでリアリティがなくても許せるという意識がある。そしてもうひとつは、恥ずかし気もなく真っ向から発せられたくさいセリフのパワーである。改心した主人公は叫ぶ。

「いつでも笑顔を見せて、他人に優しくして、思いやりを見せるのが人間のあるべき姿なんだ。これを実現するのは奇跡に近いけれど、それがきっとできるのがクリスマスだ。誰だって信じれば毎日奇跡は起こせる。そう、クリスマスは年に一度じゃないよ。三六五日がクリスマスなんだよ！」

これが日本映画なら、観客はこのセリフを聞いただけで噴き出すだろう。脚本家としても書くのには相当照れる。企画を通す側も冗談じゃないと思うだろう。

それでもなぜ心が洗われる気がするのか、きちんと考えてみるべきだと思う。「くさい」「ダサイ」だけの価値基準で切り捨てるのは怖いことである。「3人のゴースト」は臆面もなく心優しく、臆面もなくくさい秀作である。

「3人のゴースト」
〔写真協力：(公財)川喜多記念映画文化財団〕
製作総指揮／シドニー・ポラック　監督／リチャード・ドナー　出演／ビル・マーレー、カレン・アラン、ジョン・フォーサイム、ジョン・グローバー、ロバート・ミッチャム('88年)

友達の恋人ならば ――「スティング」

私は男の人に関して明快な判断基準を持っている。その人がすてきかどうかを、一瞬にして見分ける判断基準である。

それは、友達の恋人として彼が現れた時、私がどう思うかということに尽きる。

「牧チャン、この人私の彼なの」

と紹介された瞬間、私が心の中で、

「どーして！　どーしてこんな人と知りあえたの？　ずるいよォ」

と叫べば、その男の人はすてきなのである。

実に明快でわかりいいので、ぜひお試し頂きたい。

中には「男は見てくれじゃわからないものよ」といさめる方もおられようが、それはもちろん承知。しかし、私の判断基準はそれさえクリアしている。たとえば、決して美形とはいえないウディ・アレンが頼りなさげに立っていて、でもメガネの奥で瞳がキラリと光ったとする。武田鉄矢さんが年齢に似合わぬほどの人なつこい笑顔を見せたとする。私は当然、心の中で、

「ん！　こいつただ者じゃないぞ」

と思うだろう。「友達の恋人なら」という判断基準は結構いいところを突いているのである。

その基準でいくと、めまいがしそうにすてきな男たちの映画は多い。

なんといってもトップは「スティング」のポール・ニューマン（＝写真右）。彼が友達の恋人なら私は寝込むだろう。「ミッション」のロバート・デ・ニーロ、「勇者のみ」のグレゴリー・ペックも文句なしにすてき。「誰がために鐘は鳴る」のゲイリー・クーパーは趣味ではないが、友達の恋人となれば腹が立つ。「リメインズ」の菅原文太、「流転の海」の佐藤浩市、「時代屋の女房」の渡瀬恒彦、「白昼の死角」の夏八木勲、どちらさまも友達の恋人としてはお会いしたくない。

ところが、「スーパーマン」のクリストファー・リーブにはなぜか全然嫉妬心がわかないと気づいた。彼は美形だし、スタイルもいいのにどうしてかと考えた。

「スーパーマン」という超人的な役どころの与える影響もあろうが、どうも清廉潔白な匂いがして、男としての面白味が感じられない。先にあげたすてきな男たちはみんな、ウソもありそうだし裏切りもありそうだ。それでいて誠意や弱さもありそうで、その落差がセクシーなのである。男たるもの、やっぱり女をキリキリ舞いさせる裏の匂いを発してほしい。

ともあれ、私が寝込むような恋人を友達が紹介しないようにと祈る年始めである。

「スティング」
〔写真協力：（公財）川喜多記念映画文化財団〕
製作／トニー・ビル、マイケル・フィリップス、ジュリア・フィリップス　監督／ジョージ・ロイ・ヒル　脚本／デビッド・ワード　出演／ポール・ニューマン、ロバート・レッドフォード、ロバート・ショウ（'73）

恋に狂う女――「危険な情事」

「危険な情事」は私が今までに観た映画の中で、最も「笑っちゃう」一本である。

これは簡単に言えば、不倫の恋物語である。妻子持ちの男（マイケル・ダグラス）と独身のキャリアウーマン（グレン・クロース）が一夜を共にする。男は遊びであり、女は本気になる。男は逃げ、女は追う。修羅場の末に男は家庭に戻り、女は敗れる。これだけの話であるが、数年前に封切りされた時は日本中の話題をさらったといっていい。

私も相当の期待を持って観たのだが、何ともはや、あいた口がふさがらなかった。ホラー映画の一種として観るなら悪くない。オチャラケで観るにも楽しい。が、まじめな恋愛映画として観るなら、これほど「笑っちゃう」ものもない。

とにかく主人公の女がバカに見えてしかたがない。立派な職業を持った三十代半ばの女が男の妻に包丁で襲いかかるわ、子供は誘拐するわ、髪を振り乱してじーっと男からの電話を待つわ、もう尋常ではない。むろん、「恋」というものは尋常ではない精神状態である。男を追いつめ、妻を脅迫し、ということも時にはあるだろう。

「危険な情事」
〔写真協力：（公財）川喜多記念映画文化財団〕
製作／スタンリー・ジャッフェ、シェリー・ランシング　監督／エイドリアン・ライン　脚本／ジェームズ・ディアデン　出演／マイケル・ダグラス、グレン・クロース、アン・アーチャー（'87）

しかしそれにしても、世の多くの女たちはもう少しリコウである。妻子ある男を好きになった時、男の家族に向かって包丁を突きつけないように自分をガードする方法を持っている。何かつらいことがあった時、自分のノドに包丁を突き立てないように暮らしを彩る方法を持っている。それはたとえば何でも話せる女友達であったり、一緒に飲んでくれる男友達であったり、のめりこめる仕事であったり、趣味やスポーツであったり。

三十代半ばにもなる大人の女のバックボーンがこれほど描けていない映画も珍しい。だから観ている間中、「この女は何を考えてるんだろう」となり、「あっ、わかった。単なるバカなんだわ」となる。そうなると主人公にまったく共感できなくなる。もしも、主人公のバックボーンがしっかりと描けていて、それでもなおかつ包丁を持つというのなら、必ず観ている側は「がんばれ！」とエールを送るのだ。

私の周囲の女たちにもあまり評判はよくなかった。

「お化け屋敷に入ってると思えば楽しめるわよ。いいのよ、あの映画はそれで」

「面白かったァ。バカみたい。アハハ」

ところが男たちには評判がいい。あそこまで修羅と化して突き進む女の姿に、男心はひどく満足させられるらしい。私が映画館を出てきた時も、たくさんの男たちが嬉しそうに話していた。
「女っておっかねえよなァ。イヤァ、危ねえよ。俺も気をつけよっと」
アナタなんか気をつけなくても安全よ、と言いたくなる男に限ってそう言うのも
「笑っちゃう」と思うけど。

大論争した映画――「幸福」

今から二〇年も昔、女友達三人と大論争をした映画がある。「幸福（しあわせ）」というフランス映画である。私たち三人は確か大学生で、確か三人とも当時、幸福ではなかった。きっと恋人とうまくいっていなかったり、全共闘のあらしが吹きあれる大学生活が予想していたものと違ったりしていたのだろう。とにかく三人とも幸福ではなく、だからこそ正面切って「幸福（しあわせ）」と題した映画を観て元気になろうとしたのである。

観終わった後、銀座裏の小さな喫茶店で私たちはもっと元気がなくなっていた。誰も口を開かず、さめたコーヒーを飲んだ。その時、一人が言った。

「後味の悪い映画ね。あれのどこが幸福なの？」

この一言で三人は猛然としゃべり始め、コーヒーをおかわりし、ほとんど大論争になった。

ここでは結末には触れずにおくが、これはもうとんでもなく「不幸」な映画なのである。

「幸福《しあわせ》」
〔写真協力：(公財)川喜多記念映画文化財団〕
製作／マグ・ボダール　監督・脚本／アニエス・ヴァルダ　出演／ジャン・クロード・ドルオー、クレール・ドルオー、マリー・フランス・ボワイエ('65)

平和な夫婦と子供の暮らしが描かれているが、実は夫には愛人がいる。そんなある日、夫婦は子供を連れてピクニックに行く。夫は妻に淡々と愛人との関係を話し、妻も淡々とそれを聞く。このピクニックシーンはものすごく美しい映像である。そして、結末は……。それが偶然なのか、妻の決断なのかはともかく、決して「幸福な決断」とは言い難い。

「監督のアニエス・ヴァルダって女でしょう。たぶん彼女は結婚や家庭ってものを信じてないのよ。『しょせんこんなもんだから、結婚なんてしない方が幸福よ』って、逆説的に言いたかったのよ」

「結婚とか家庭とかの問題じゃないわよ。主人公の女は今まで男によって生かされてきたのよ。でも最後の決断は偶然じゃないと思う。それが悲劇的なものであれ、初めて自分で選びとったわけよ。そういう態度がこれからの女の幸福だって言いたいのよ」

二時間も話した末に、私が言った。

「全部違うね。世の中にはこんな不幸な女もいるんだから、これを見て自分の幸福に感謝しなさいってことよ」

むろん、みんなにいい加減なヤツだと袋だたきにあったことは言うまでもない。

が、しかし、二〇年たった今も、この映画のどこが幸福なのか、どうも釈然としない。

現実逃避 ――「カイロの紫のバラ」

ずっと昔、私は元横綱北の富士（現・解説者 北の富士勝昭）の追っかけをやっていたことがある。当時は大相撲が今ほど女の人に受けてはいなかっただけに、あきれられていた。

それでも私は平気で横綱を追っかけ、うっとりと「理想の男北の富士」に見惚れていた。ミーハーと言われようが、みっともないと笑われようが、痛くもかゆくもなかった。だって、本当に北の富士のことを思うだけで心がほっこりとあたたかくなり、日常生活のイヤなことなんか忘れられるんだもの。ウソではない。少々のイヤなことなんて吹っ飛ぶのである。ミーハーをバカにしているおりこうさんは、人生をかなり損していると私は断言できる。

ウディ・アレン監督の「カイロの紫のバラ」は、そのあたりの女心をみごとに描いた一編である。

大衆食堂でウエイトレスをやっている女シシリア（ミア・ファロー）は生活に疲れ切っている。しがない大衆食堂で働き、夢も希望もない。夫は賭け事が好き、女が好き、仕事は嫌いという男で、すぐに暴力をふるう。そんな暮らしの中で彼女のたったひとつの楽しみが映画。ギアという二枚目俳優をスクリーンで見ている時だけ現実を忘れ、夢を見ていられる。

そんなある時、スクリーンの中からギア演ずるところのトムという考古学者が、客席に飛び出してくる。そしてシシリアの手を取って言う。

「僕の映画を五回も見てくれてたね。僕もスクリーンの中でだけ生きるのはもう、うんざりだ。二人で自由になろうよ」

そして二人は手に手を取って逃げ出し、現実から離れた甘い時を過ごすのである。ウディ・アレンはスクリーンから抜け出したトムを徹底的に「虚像」として描いている。血の通った「人間」としては描かず、夢見がちでロマンチックで、現実の垢《あか》をまったくつけていない虚像そのもの。極端なまでの「アイドル」である。

二人で逃げたはいいが、生きるのはスクリーンではなく現実世界。当然、さまざまなトラブルが二人を襲う。虚像でしかないトムは、現実にはお金の使い方さえわからないアイドルなのである。

大騒ぎやら裏切りやらがあった後、シシリアはまた一人になり、また一人で映画を見る。このラストシーンのミア・ファローの笑顔がすばらしい。現実が厳しいからこそ、夢もアイドルもすてきに見えるのね……と彼女が言っているような、ふんわりと広がる笑顔である。

「アイドル」にはＩＤＯＬの他に、ＩＤＬＥという言葉もあり、これは「さぼる、怠ける」という意味である。現実に疲れたら年齢に関係なくアイドルに夢中になって、日常生活をちょっとアイドルするのも私はとてもいいと思う。

「カイロの紫のバラ」
〔写真協力：（公財）川喜多記念映画文化財団〕
製作総指揮／チャールズ・ジョフイ　監督・脚本／ウディ・アレン　出演／ミア・ファロー、ジェフ・ダニエルズ、ダニー・アイエロ、エド・ハーマン（'85）

ノクターン――「愛情物語」

先日、喫茶店で友達を待っていたら、突然、ショパンのノクターンが流れてきた。これは映画「愛情物語」のテーマ音楽で、美しいピアノ曲である。

この曲を喫茶店の片隅で耳にした瞬間、私は高校時代に舞い戻っていた。

高校二年生のある日、私はボーイフレンドにそっと言われた。

「ヤツがちょっと相談ごとがあるんだって。話を聞いてやってよ」

「ヤツ」とはボーイフレンドの親友で、私たちはみんな同じ高校のクラスメイトだった。

私は頼まれるままに日曜日、「ヤツ」と喫茶店で会った。

「相談って何？」

私が聞いても彼はなかなか言い出さず、ぬるくなったコーヒーをすすりながらお天気の話をしたり、教師の物まねをしたりするばかり。いい加減うんざりした頃に、彼は立ち上がって言った。

「映画、観ようか」

私たちは「愛情物語」を観た。ショパンのノクターンが、タイロン・パワーとキム・ノバクの大人の恋物語に切ないほど似合っていた。

映画館を出ると、彼はポツンと言った。

「おれ……A子が好きなんだけど……」

A子は私の仲良しで、美人の誉れ高い女生徒であったが、彼女には学外に恋人と呼べる人がいた。私は半端に期待を持たせるのは罪だと思い、正直に言った。

「つきあってる人がいるのよ、彼女。それでも頑張ってみるというのなら止めないけど、たぶん今は他の人とつきあうことはないと思うわ」

彼は一六七センチの私より少し背が低く、決してカッコいいとは言えなかったが、私の言葉を聞いた瞬間は、みごとにカッコよかった。

「わかった。あきらめる。時間とらせてゴメンな」

スパッと言い切ると、あとは何も言わず私を自宅まで送ってくれた。翌日、教室で会っても、ごく淡々とA子としゃべり、内なる恋心などはチラリとも見せることはなかった。

それから何ヵ月かたった九月一〇日、彼は私に薄い封筒をくれた。赤い小さなリボンがついていた。

「今日、誕生日だろ」

驚く私に彼は笑った。

「恥ずかしいから、帰ってから開けて」

家で開くと、ショパンのノクターンの楽譜が入っていた。何だか涙が出そうになった。私はピアノの前に座り、ゆっくりと弾いてみた。難しくて初見では思うように弾けなかったが、彼がどんな思いでA子をあきらめたかわかるような気がした。

私は楽譜の隅っこに「一七歳の誕生日に〇〇〇君より」と書いた。この楽譜は今でも実家のピアノの上に置いてある。

「映画音楽」というひとつのジャンルがあるように、映画における音楽は時に本編を食う。「愛情物語」も今になるとストーリーや映像より、音楽の方が強烈に残っている。

一七歳のあの日、一緒に「愛情物語」を観た彼も、どこかでショパンのノクターンを聴くと、あの当時を思い出すのだろうか。

彼とは高校卒業以来、もう二五年間会っていない。

「愛情物語」
〔写真協力：(公財)川喜多記念映画文化財団〕
製作／ジェリー・ウォルド　監督／ジョージ・シドニー　原作／レオ・カッチャー　脚本／サミュエル・テーラー　出演／タイロン・パワー、キム・ノバク、ヴィクトリア・ショウ('55)

希望 ――「バグダッド・カフェ」

以前、何人かの方々とテレビのトーク番組に出たことがある。その時、「人間にとって本当の豊かさとは何か？」という質問に全員が答えさせられた。答えの多くは「時間があること」だったと思う。「ゆっくりと旅をすることができる程度の金銭的ゆとり」という答えも多かった。私はそれらを聞きながら、ちょっと違うんじゃないかしら……と思っていた。私にとって「本当の豊かさ」とは「他人に必要とされること」なのである。

時間とお金にゆとりがあったとして、老夫婦が二人でゆっくりと旅に出たとする。もちろん、それがどんなに豊かな気持ちになるかはよくわかる。しかし、もしも私なら「町内の回覧板に月に一度エッセイを書いてください。牧子婆《ばあ》さんのエッセイをみんな楽しみにしているんです」と言われた方がどれほど豊かな気持ちになるかわからない。旅行なんて取りやめても、しめきりをめざして一生懸命に書くだろう。その時は、顔までが生き生きしてくるに決まっている。

「バグダッド・カフェ」はその意味からも私の大好きな一本である。

ある日、砂漠の真ん中に建つカフェに、ジャスミンという中年の女がやってくる。彼女はカフェと併設されているモーテルに滞在し続ける。非常にミステリアスで妙な女であるが、彼女がやって来たことでカフェに関係している人々が少しずつ変わっていく。

それまでは実に殺ばつとした、この世の吹きだまりのような店であった。女主人のブレンダは夫に逃げられ、ヒステリーばかり起こしている。店は汚れ放題で、彼女自身も何ヵ月もふろに入っていないような女である。ほかにも画家やらピアノ弾きやら、わけのわからぬ人たちがたくさん出てくるのだが、全員が「明日」に希望を持てずにいる人たちである。さりとて、希望を持とうと積極的に動く気力もない人たちである。

ところがある日、滞在し続けているジャスミンが、店の汚なさにうんざりして無断でピカピカに掃除をしてしまった。怒ったのはコケにされた女主人のブレンダである。

が、このたった一回の掃除がきっかけで、「バグダッド・カフェ」につどう人々はどんどん変わっていく。自分が他人に必要とされている人間なんだということに目ざめていく。たぶん、ジャスミン本人も同じ思いだったに違いない。

目ざめていく過程で彼らの顔がみるみる変わっていく描写はみごとである。若くなり、笑い、恋まで生まれる。

他人から必要とされ、自分を認めてくれる人々がいる——これは何とすてきなことだろう。私もこのコラムを読んでくださる方がいる限り、しめきりに舌うちなんぞしてはバチが当たる。

「バグダッド・カフェ」
〔写真協力：(公財)川喜多記念映画文化財団〕

製作・監督・脚本／パーシー・アドロン　製作・脚本／エレオノール・アドロン　撮影／ベルント・ハインル　音楽／ボブ・ティルソン　出演／マリアンネ・ゼーゲブレヒト、ジャック・バランス('87)

知恵と才覚 ——「摩天楼ブルース」

時々、ついていけなくなるのである。何にってアメリカ映画にである。私はアメリカ映画がとても好きだが、時々、その脂っこさにシラける。

「彼らはやっぱり肉食民族で、私はお茶漬け民族なんだなァ」

と劇場の暗がりでため息をつく。

たとえば「危険な情事」「ローズ家の戦争」も途中からシラけきってしまった。前者は不倫の恋をめぐり、後者は財産をめぐり、もう徹底的に男と女が戦う。髪ふり乱して包丁は持ち出すし、家にブルドーザーをぶつけて壊そうとするし、とてもそのねちっこさについていけず、主人公がかえってバカに見えてくる。

その意味では「9時から5時まで」も「ワーキング・ガール」もほんの少しシラけた。この二作は、力もお金もない一般ＯＬがトップにのしあがっていくサクセスストーリーで、アメリカン・ドリームのお国柄としてはもっとも得意とするジャンルである。

もう一作、サラリーマンの成功物語としてヒットしたのが「摩天楼ブルース」だろう。不思議なことに、この作品には私は全然シラけなかった。

なぜだろうと考えてみてわかったのだが、私は「やりすぎる勧善懲悪」がどうも苦手なのである。サクセスストーリーはたいてい主人公が善玉で、悪玉の上司がいる。痛めつけられた主人公が大体は五倍から十倍のお返しをして、上司を失脚させるというのがパターンである。

「9時から5時まで」では、上司のジャック・レモンが納屋に軟禁されてロープでつるされるし、「ワーキング・ガール」では、女性上司のシガーニー・ウィーバーが恋人を横取りされたあげくに追放されるしで、私は、

「確かに悪いヤツだけど、もういい加減にしてよ」

と暗がりでつぶやき、すっかりシラけるのである。

ところが「摩天楼――」はその辺のバランス感覚がよく、軽快で心地よいコメディーである。主人公のジャン・マイケル・ビンセントがどこにでもいそうな「男の子」の風貌《ふうぼう》をしているせいも大きい。何よりも彼が悪玉をコテンパンにやっつけてトップにのしあがるのではなく、彼自身の知恵と才覚によって上にあがっていくというのがいい。少なくとも私には落ちつきがいい。

そう考えると、私は改めて大相撲ファンである自分自身を感じる。

大相撲というのは朝八時半頃から始まっている。もちろん、ザンバラ髪の下っ端力士たちである。朝八時半から見続けていると、電光掲示板に名前の出る力士がいかに偉いかよくわかる。どれほど努力したのかと肌でわかる。半端なサクセスストーリーなど吹っ飛ぶ。

自分の努力と才覚でトップにのぼる人たちに快哉《かいさい》を叫ぶことを「日本人的」というなら、私は超日本人的で結構と思っている。

「摩天楼ブルース」
〔写真協力：(公財)川喜多記念映画文化財団〕
製作／ウィリアム・ギルモアJr.　監督／ジョン・フリン　出演／ジャン・マイケル・ビンセント、テレサ・サルダナ、アート・カーニー（'79）

美男 ――「プリティ・ウーマン」「グリーン・カード」

私は前回のこの欄で、とてつもない勘違いを平然と書いてしまった。

「摩天楼ブルース」のJ・マイケル・ビンセントと「摩天楼はバラ色に」のマイケル・J・フォックスを取り違えたのである。

それも念がいっており、私の頭はマイケル・J・フォックスの「摩天楼はバラ色に」しか考えてなくて、その映画と俳優のことを書いているのに、手は頭とは無関係に「摩天楼ブルース」と書き、「J・マイケル・ビンセント」と書いていたのである。これだけならまだしも、両方の映画どちらにも出ていない「ジャック・レモン」のことまで堂々と書いてしまった。ジャック・レモンが出ていたのは「摩天楼を夢みて」なのだから、摩天楼パニックである。こうなると勘違いも度を越えており、本当に申し訳ありませんでした。

実は似たような話がある。知人に六〇歳間近の女性部長がおり、彼女は仕事よりも若いOLとのギャップを埋めることにキュウキュウとしていた。何よりも「話せるオバサン」になることが基本だと考えていたのである。

ある時、その女性部長は会社の給湯室でＯＬたちの話を耳にした。それは「プリティ・ウーマン」のリチャード・ギアがいかにすてきかということであり、あのロマンチックストーリーに女心がいかにくすぐられたかという話だったという。彼女はリチャード・ギアも「プリティ・ウーマン」も全然知らなかった。しかし、ギャップを埋めるために、これは必ず観ようと心ひそかに思ったのである。

ところが横文字に弱いうえ、映画にまったく関心がないとあって、翌日になると俳優名も映画名も思い出せない。かといって「話せるオバサン」としてはＯＬたちに改めて訊くわけにもいかない。

そしてかなりたったある時、町を歩いていて映画館の看板を何げなく見た。「グリーン・カード」だった。彼女は「これだった！」と思った。切符を買っている若い女の子に、

「これが今、一番話題のラブストーリーですよね？」

と聞くと、そうだという答え。彼女は喜び勇んで劇場に入った。

が、主演はご存じの通り、ドパルデューである。ギアが当世随一の美男なら、こちらは当世随一の醜男《ぶおとこ》といってもいい。ストーリーも「プリティ・ウーマン」に比べれば日本人には今ひとつ、ときめくことができない。それでも思い込んでいる彼女は、

「こんな醜男が好きなんて、今の若い子は捨てたもんじゃないわ。映画を観なければわからない実態に触れたわ」

と一人で感激していたという。

翌日、「リチャード・ギアに見る醜男論」を若いＯＬたち相手にぶちあげた「話せるオバサン」は、冷たく言われたそうな。

「それってドパルデューじゃありません？」

この勘違いを挽回するのは大変だと彼女はため息をつき、私も今、ため息をついている。

「グリーン・カード」
〔写真協力：(公財)川喜多記念映画文化財団〕

「プリティ・ウーマン」
〔写真協力：(公財)川喜多記念映画文化財団〕

人生を変えた一本――「若ノ花物語　土俵の鬼」

私の人生を変えた一本の映画がある。「若ノ花物語　土俵の鬼」である。

かつて、私は突然、脚本家養成学校の門をたたいた。といっても新聞広告を見て思いついただけのことで、映画は年に一本も見ていないようなタイプ。脚本家というものがどういう仕事をするのかさえ、それほどくわしくは知らなかった。そして最初の授業の日、講師が生徒たちに、

「今まで観た中で最も好きな映画監督、そして好きな理由をのべてください」

と言ったのである。

年に一本も観ないタイプとしては困り果てた。生徒たちは横文字の映画名やら監督名をズラズラとあげ、好きな理由を明確に説明する。私の番が近づいてきて、私は手に汗を握りはじめた。

こんな学校に思いつきで入ったことを後悔したがもう遅い。とうとう講師が私を指名した。私は立ち上がり、とっさに答えていた。

「好きな映画は『若ノ花物語』です。好きな理由は、力士の若ノ花が俳優でもないの

に立派な芝居をしていたので偉いと思いました」

小学生レベルの答えに、教室の映画青年たちは静まり返った。しばし絶句していた講師がやがて聞いた。

「内館さん、あんな古い映画をどこで観たの？」

私は胸を張って答えた。

「はい、小学校の校庭に幕を張って観ました」

先生も生徒もあきれ返って、さすがに口もきけずにいた。が、この時に恥をかいたせいもあって、以後の私は時間さえあれば映画館をハシゴし、脚本家という仕事につく地盤をつくったのだと思っている。

「若ノ花物語　土俵の鬼」は昭和三一年の作品で、私は八歳である。敗戦からたった一一年しかたっていない。貧しかったが、のどかな時代であった。オカッパ頭で下駄ばきの少女だった私が、父と並んで地面に座り、「若ノ花物語」を食い入るように観ていたことを、今でもハッキリと思い出す。映画会の夜、校庭はいつも超満員であった。

あの時代のヒーローが、今ではテレビの映画枠で茶の間によみがえる。「川上哲治物語」、「力道山物語」と連続で放送される。いずれもご本人が「俳優でもないのに立派な芝居をして偉い」という作品ばかりである。

テレビが家庭に普及しはじめたのが昭和三三年頃とすると、この三作品はその前のものである。国民のほとんどが、三人のスーパースターを新聞や雑誌でしか知らず、動く彼らを見る機会が少ない時代である。それだけに、誰もがスクリーンで動く彼らに酔った。しゃべる声にとり肌を立てた。あの時代の映画は、ニュースやドキュメンタリーやテレビの役割までもすべて引き受けていたのだと、今さらながら思う。

そして同時に今さらながら思うのは、情報がふえればふえるほど、夢のヒーローたちはまるで夜明けの霧のように消えていったということである。

「ヒーロー不在の現代」というのは当然で、若ノ花を、川上哲治を、力道山を生み出したのは、小学校の闇夜に輝く銀幕だったのかもしれない。

「若ノ花物語　土俵の鬼」
〔写真協力：日活〕
監督／森永健次郎　原作／菊島隆三　脚本／松下東雄　出演／若ノ花勝治、北原三枝、青山恭二、沢村國太郎、広岡三栄子

ジワジワと――「スイート・スイート・ビレッジ」

作品として完成度が高くなくても、何やらつじつまが合わなくても、観終わった後に人の心を優しくしているという映画が時にある。

「スイート・スイート・ビレッジ」は、私にとって極めつきのそんな一本である。

そもそもこの映画は、私が「怒りの絶頂」にあった時に観たもので、ついてないことこの上ない夜に、ブンブンにむくれながら、致し方なく、時間つぶしに映画館に入ったのである。

その夜、私は友達と銀座でおちあうことになっていた。相手の都合で三回も日時を変更され、あげく突然に「今夜しかない」と言われた。私はアチコチに頭を下げまくって自分の先約をキャンセルし、時間をあけた。ところが会う直前になって、私の出先に電話で伝言が入った。

「お友達、三時間ほど遅れるそうです」

私は舌うちしたい思いで「映画でも観て時間をつぶそう」と思った。ところがついてない時というのはこういうもので、話題の映画は全部時間が合わない。開始も終了もピタリと好都合だったのがこの「スイート・スイート・ビレッジ」の一本だけであった。看板を見るとチェコの映画で、何やら聞いたこともない俳優の名が並んでいる。何となく楽しくなさそうである。

映画はやめてショッピングしようと思ったとたん、雨が降ってきた。私は渋々と映画館に入ったものの、腹が立ってたまらない。相手が突然時間を変更したりするから、私は貴重な時間を観たくもない映画でつぶさなければならないのだ。会った瞬間に怒りが爆発しそうな気がしていた。

ところがこの映画、とてつもなくよかったのである。隠れて不倫をしている主婦に関してなどは粗削りで、完成度が高い作品とは思わないが、観終わった後でジワジワと優しさの水分が心を潤していくような作品なのである。

皆さんにぜひ観ていただきたいシーンがある。

冒頭で二人の男が並んで出勤するシーンである。太っていて背の低い男が雇い主。トラック運転手の親方で、気難しくて怒りっぽい。一方、並んで歩いている若い男が従業員。細くて背が高く、少し知的障害がある。

若い従業員は毎朝、親方と並んで同じ歩調で出勤するのが嬉しくて誇らしくてたまらない。ところが二人の足はコンパスがまるで違うので、同じ歩調にはならないのである。若い従業員は規則的に自分の歩くリズムを加減して合わせる。加減するたびに彼の歩き方がピョコンと跳ねるように乱れる。それでも彼は一生懸命に合わせる。このシーンだけでも一見の価値がある。

こうして、友達と会った時には、私は怒りをケロッと忘れていた。同じ世の中を共に生きていくには、時折ピョコンと加減して、相手に歩調を合わせることも必要なのだとつくづく思う。

「スイート・スイート・ビレッジ」
〔写真協力：(公財)川喜多記念映画文化財団〕
製作／ヤン・シュステル　監督／イジー・メンツェル　脚本／ズデニェク・スベラーク　出演／ヤーノシュ・バーン、アリアン・ラヴダ、ルドルフ・フルシンスキー('85)

オードリーとマリリン ——「ローマの休日」

この夏あたり、多くの雑誌が申しあわせたようにオードリー・ヘプバーンとマリリン・モンローの特集を組んだ。

女たちの間でもどちらが好きかということがよく話題になったのだが、とても面白いことに気づいた。それはひと昔前には考えられないほど「マリリンの方が好き」という女たちがふえていたことである。

これは明らかに女たちを取りまく社会の変化と関係があるように思う。

ひと昔前、女たちは「マリリン的なるもの」を排除したがった。嫌った。それはつまり、「女」を強烈な武器にすることへの批判である。マリリンは当時の女たちが恥ずかしがってやまない要素を臆面《おくめん》もなく外に表し、男たちを悩殺しているかのように見えた。半開きの唇、グラマラスな体の線を強調する服、セクシーな歩き方、甘い声。女たちの多くは言ったものである。

「マリリンなんて頭カラッポよ。単なるセックスシンボルよ」

対極にいるのがオードリーであった。深く澄んだ瞳、やせぎすでセックスシンボルとはほど遠い、まるで少年のような肢体、ふくらみのない脚にはりつくような細いサブリナパンツ。彼女はジバンシーのコスチュームをどこまでもエレガントに着こなし、スクリーンから女たちを魅了した。女たちの多くは言ったものである。

「オードリーは男に媚《こ》びずに毅然《きぜん》としているからいいのよ。それでいてきれいだから黙っていても男が寄ってくる。それが理想よ」

それからひと昔かそれ以上がたち、今、形としては「オードリー的なるもの」を備えた女たちがふえたと思う。

男と対等になろうと女が肩ひじを張り、化粧もせずに薄汚れた服で飛び回っていた時代はとうに過ぎ、今や女たちは美しい。肩の力もぬけ、ファッションにも化粧にも気を配り、女であることを意識しながら、うまく仕事をしつつある。オーバーに言えば、どっちを向いてもオードリー的形を持った女たちがあふれている。

これはあくまでも私個人の思いであるが、マリリンになるよりもオードリーになる方が形としては簡単なのである。

と同時に、女たちが逆にマリリンのよさに目ざめたというのは面白い。今、多くの女たちは言う。

「マリリンって疑うことを知らなくて、ひたむきで、何か健気《けなげ》で可愛いのよね」

これはオードリー的なるものを追求し、形からでも入ろうとあがいた中で、女たちが忘れてしまった要素かもしれない。疑うことを知らなくて、ひたむきで、健気で、可愛くて……。

どちらが好きか、熱燗《あつかん》を飲みながら考えたい年の頼である。

「ローマの休日」
〔写真協力：（公財）川喜多記念映画文化財団〕

製作・監督／ウィリアム・ワイラー　脚本／アイアン・マクラレン・ハンター、ジョン・ダントン　出演／オードリー・ヘプバーン、グレゴリー・ペック、エディ・アルバート（'53）

ゆきつくす処――「炎の人ゴッホ」

「炎の人ゴッホ」は映画そのものを強烈に覚えているわけではないのに、妙に忘れられない映画である。

これは一九五六年の作だというから、私はどこか名画座で観たのだろうと思う。妙に忘れられないというのは、この映画をきっかけに私は一時期ゴッホに夢中になったのである。美大生だった頃は何の興味もなかったのに、カーク・ダグラス演ずるゴッホを見たとたん、突然ゴッホが私の前に降りて来た気がした。

たった一本の映画がきっかけで、私は手当たりしだいゴッホに関する本を読み、資料をあさった。もちろん誰に頼まれたわけでもなく、仕事とも無関係である。私にしてみればゴルフや水泳と同じように、ゴッホが趣味化していた。

ゴッホに関してさんざん読み、調べた後で私は新宿の安田火災海上ビルの中にある東郷青児美術館へ出かけた。ここにはゴッホの「ひまわり」がある。ゴッホの作品の中でも名作中の名作であるが、私は映画「炎の人ゴッホ」を観るまでは別に観たいとも思わぬ絵であった。

ゴッホは一八八八年にゴーギャンと共同生活を始めている。これはあえて「愛の暮らし」と言っていいのではないだろうか。ゴッホはゴーギャンが使う部屋に一二枚のひまわりの絵を描き、愛を表現したのである。そして、ゴーギャンが本当に自分の絵を気に入ってくれたかと心を悩ませるようすは、恋心にも似ている。

しかし、激しい男二人の共同生活はたった九週間しか続かず、愛しながらも憎むゴッホは、ついにゴーギャンにカミソリを向ける。が、結局彼を傷つけることはできず、ゴッホはそのカミソリで自分の耳をそぎ落としたのである。

この耳切り事件から六ヵ月後にゴッホはピストル自殺しているが、その間にもう三枚の「ひまわり」を描いた。東郷青児美術館にはそのうちの一枚が展示されている。ひんやりと薄暗い展示室、一人で「ひまわり」を見ていた私には、カーク・ダグラスが演じたゴッホの顔しか思い浮かばなかった。画集で繰り返し見た自画像の顔ではなく、たった一回だけ見た映画のゴッホだった。

手元に資料がなく、訳者不明で申し訳ないが、B・H・クラークは詩に書いている。

バン・ゴッホよ

燃えるが如き意力を持つ汝よ
汝を思う毎に
我に力わく
高きにのぼらんとする力わく
ゆきつくす処までゆく力わく
ああ、ゆきつくす処までゆく力わく

炎の如きゴッホの絵から、力わく思いを受けることは多いだろう。が、たった一本の映画が、ゆきつくす処まで興味を広げてくれるということも確かにあるのだ。

「炎の人ゴッホ」
〔写真協力：(公財)川喜多記念映画文化財団〕
製作／ジョン・ハウスマン　監督／ヴィンセント・ミネリ　脚本／ノーマン・コーウィン　出演／カーク・ダグラス、アンソニー・クイン、ジェームズ・ドナルド、パメラ・ブラウン('56)

まさしく夢――「夢」

二月にテレビで放送される映画の一覧表を見ていたら、黒澤明監督の「夢」があった。

その時、唐突に、

「そうか。『夢』というタイトルはこういう意味だったのね」

と思った。公開が九〇年であるから、三年たった今、私は初めて「夢」というタイトルの意味がわかったと思った。

眠りの中で見る夢は、目ざめると断片的にしか覚えていないことが多い。ひとつのストーリーとしてくっきりとは覚えていないものである。たとえば、「ものすごく雨が降っていた」とか「友達が黄色いセーターで笑っていた」とか、部分的に覚えている。しかし、その部分的な個所のインパクトというのが実に強烈なものである。強烈に、鮮明に残っている。

「昨日、夢を見たのよ。何も覚えてないんだけどあなたが黄色いセーターを着て笑ってた。それだけはものすごく覚えてるの」

よくこんなふうに昨夜見た夢の話をされ、私もしたことがある。

黒澤明の「夢」という映画は三年たった今、はっきりとわかる。あれはまさしく夢だったと。鮮烈で、強烈な夢だったと。

「夢」は八編の短い物語から成っているオムニバス映画である。八編のまったく違った物語がひとつ始まるたびに、真っ黒なスクリーンに文字が出る。

「こんな夢を見た」

そして、物語が始まる。

三年たった今、私は八編の物語のストーリーは明確に覚えていない。しかし、強烈に部分的によみがえってくる。

大きな虹が出ていたこと、狐の集団が奇妙な動きで行進していたこと、人間がお雛さまになって並んでいたこと、笠智衆さん演ずる老人が縞柄のTシャツを着ていたこと。そして、その老人は、

「これから葬列に参加しなくてはならん」

と言って立ちあがったこと。何よりもとり肌が立つほど強烈に覚えているのは、その葬列が青森のねぶた祭りのように陽気なものであったこと。葬列の一人になって踊り歩く笠智衆さんを見た時、私は泣けて泣けて泣けて、本当に泣けて劇場の外に出ら

れないくらいだった。

今、改めて思う。「夢」という映画は、みごとなまでに夢だったと。三年たった今、初めて気づかされた快感が私を襲っている。

「夢」が公開された時、黒澤作品としては駄作だとか、黒澤も枯れたものだとか、随分あちこちに書かれていた。だが、私は笠智衆さんに泣かされたことだけでも、秀作だと思っていた。

しかし、そればかりではなかったと今、思う。寝床で見る夢の形を、これだけみごとに再現した映画はそうそうあるまい。八二歳の黒澤明がニンマリと笑っている気がする。

そして、黒澤自身はいつだって寝床で夢を見ず、明日に夢を見ているのだということにも改めて気づかされるのだ。

失った人――「道」

慶大医学部の小此木啓吾教授が、ご自身の著作『映画でみる精神分析』の中で「モーニング」ということを書かれている。ご承知の通り、小此木教授は精神科医の第一人者で、映画が最大の娯楽とおっしゃるシネマファンである。

「モーニング」とは「朝」という意味ではなく「Ｍｏｕｒｎｉｎｇ」と書き、「喪」とか「悲哀」を意味する。つまり、愛していた人を失った時、まず人間は「失った人への思いがつのり、再会を願う。やがて悲哀、絶望に変わり、そして自分のそれまでの態度を反省し悔やんだり、心の中で謝ったりする」という心の過程を「モーニング」と呼ぶんだそうである。

小此木教授は著作の中で、この「モーニング」に当たる映画をたくさんあげて、主人公たちの精神分析をしておられるが、そのひとつとして「道」を例にとられている。

「道」はフェリーニの傑作のひとつで、旅芸人のザンパノ（アンソニー・クイン）が、少し知的障害のある娘ジェルソミーナ（ジュリエッタ・マシーナ）を芸の相棒として貰う。

彼女はザンパノのひどい仕打ちにも従順に耐え続ける。そんな彼女を慰めてくれるのは、綱渡り芸人のアルレッキィ。やがて二人の男の対立が深まり、ザンパノはアルレッキィを殺してしまう。ジェルソミーナはショックから精神に異常をきたし、薄気味悪くなったザンパノは彼女を捨てた。

そして何年か後、ザンパノはジェルソミーナが孤独の死をとげたことを知らされる。この時、初めてザンパノは過去の自分の態度を嘆き、一人で号泣するのである。ジェルソミーナのけがれない心が自分にとってどれほど大きなものであったか、死なれて初めて実感する。「モーニング」である。

映画はここで劇的に終わっているのだが、私が面白いなあと気づかされたのは「モーニング・ワーク」ということである。小此木教授はこれを「喪の仕事」として解説されているが、心理学者のフロイトは「モーニング・ワーク」を進めて立ち直ることを説いているという。

つまり、失った人との愛や罪、謝罪などの思い出を一つひとつ整理する仕事である。そして愛する人が天国に行くように、生き別れなら新しい幸せを見つけるようにと、自分に納得させる境地を求める。ここからやっと人は少しずつ立ち返る。

「道」
〔写真協力：（公財）川喜多記念映画文化財団〕

製作／カルロ・ポンティ、ディノ・デ・ラウレンティス　監督・原作・脚本／フェデリコ・フェリーニ　出演／ジュリエッタ・マシーナ、アンソニー・クイン、リチャード・ベースハート（'54）

あの野獣のようなザンパノは、スクリーンにエンドマークが出てからどうやって「モーニング・ワーク」をし、どうやって残りの人生を生きたのだろう。

脚本家として改めて思わされるのだが、精神科医の冷静な分析に耐え、エンドマークの後までを考えさせる作品というのは、それだけみごとな一編ということである。

この連載も今回で最終回になった。しめきりに追われた日々を思い、今になるともっと愛して書けたのではないかと反省もする——。これも「モーニング」かもしれぬ。

V ❋ あの頃

私の父、私の母

何から何まで、それはもうあきれるほど何から何まで、父と母は正反対である。

世間ではよく言う。

「正反対の方が合うものなのよ」

あながち、そうとは言えないのではないかと、私は思っている。私の両親ほど正反対が過ぎると、おそらく何百回となく心の中でつぶやいたはずである。

「この結婚は失敗だった……」

今もって離婚もせずに、横浜に二人きりで暮らしているが、よくもっていると思う。

大正六年生まれの父は、盛岡市の出身。旧制盛岡中学に学んだ。現在の盛岡第一高等学校であるが、何年か前に盛岡一高が夏の甲子園に出場した際、日本全国の人がドギモをぬかれたはずである。校歌が軍艦マーチなのである。あのメロディにのって、

「明治一三、春なかば……」

と、バンカラ応援団が腰手拭いで雄たけびをあげた時、私は父の人間としての根幹

が、盛岡中学時代につくられたと実感した。

盛岡中学の校訓は「質実剛健」。父は七八歳になる現在も、校訓そのまま。華美を嫌い、実直で健全を重んじる。盛中時代から水泳部員であり、早稲田大学に進んでからも体育会水泳部に在籍して、練習と試合に明け暮れた。体育会人間の持つストイックな一面は、今もまったく衰えを見せない。

私が生まれてからも、ずっと国体に出場していたということは、三十代半ばになっても過酷なトレーニングを重ねていたわけである。

父の父、つまり私の祖父は現在の東京薬科大学を卒業し、大学病院の薬剤部長という職にあった。いわばサラリーマンであり、堅実な家庭であった。あの当時に父と、父の兄の二人を早大に入れ、東京に下宿させていたのだから経済的には大変であったろうと思う。

父は今でも思い出したように言う。

「苦学生だよ、それはもう。水泳の練習があってアルバイトは一切できないし、親に余計な金を送らせるのも気がひける。だから、節約と我慢ばかりだったなァ」

母はこういう話が出るたびに、眉をひそめて聞こえぬふりをする。

母は「質実剛健」だの「節約」だの「我慢」だのとは、まるで縁のない娘時代を送った。

母は秋田市の出身で、カソリック系の女学校に学んだ。母の父親は立教大学を卒業後、当時は一般紙であった報知新聞の記者になった。その当時から左翼思想の持ち主で、アナーキズム運動に身を投じている。

その後、郷里の秋田に戻り、建設会社を経営。そして、アナーキストの政治団体から秋田市議会議員に当選した。事業は順風満帆であり、大変な羽振りのよさであったという。大きな屋敷には、アナーキストの同志がいつでも寝泊まりし、母の父親、つまり私の祖父は彼らの生活の面倒をみていた。「アナーキストでありながら、経営者」という、相容れない二つの要素を内包せざるを得なかっただけに、同志の面倒をみることで自己を浄化していたのだと思う。

父と母は昭和二二年に、見合い結婚をした。その当時、母の実家は経済的に絶頂期にあった。母は今でも笑う。

「食事は毎日、料亭からの仕出しよ。節約だとか、将来のために蓄えるとか、そういう発想は家族の誰にもなかったわね」

母の父親は思想弾圧を受け、投獄された時期もあったが、母は生まれてからほとんどずっと、「節約の発想がない」という家庭環境にいたわけである。これが、母の根幹をつくっていると思う。やがてその実家は少しずつ没落していった。しかし、不渡りを出したり、会社が倒産したりという決定的な没落は、私が高校生になってからのことであった。

父と母の育ちの違いは当然ながら、自分たちの子供にも影響してくる。私は三歳違いの弟と二人姉弟であるが、父は父が育てられたように、母は母が育てられたように、私たちを育てようとした。その最も顕著な差が、お金に対する意識の持たせ方である。すべては私と弟が社会人になってから、初めて聞かされたことであるが、当時はかなり激しい対立があったという。

父はサラリーマンであり、サラリーマン家庭としての状況を、包みかくすことなく子供たちに話すべきだと主張。その中で、我慢することや禁欲を教え、アルバイトなどで社会を見させて苦労もさせ、お金の有難みをわからせることが大切だとした。

母は家の経済状態などは一切、子供に話すべきではないと主張。我慢や苦労などはしないに越したことはない。常に家の経済を考えて、親に申し訳ないからという理由で行動を自己規制する子供に育てたくないとした。

この両極端は、おそらくどちらも正論であろう。そして結果、母が勝ったのである。私と弟は、母のやり方で育てられた。これは父が仕事に忙しく、自分の意志を貫徹できなかったせいに他ならない。

父は大企業に勤めており、経済的に困ってはいなかったが、私と弟は実質経済の二倍から三倍の豊かさだと思いこんでいた。むしろ、だまされていたと言ってもいい。

母の口から、

「お金がないから」

というセリフは、ただの一度も出たことはない。今と違い、高いオモチャが並ぶ時代ではなかったことも幸いしているが、我慢させられたという記憶はまったくない。長じて社会人になってからも、家には一円の食費さえ入れぬ娘と息子であった。

母の育て方は両刃の剣である。一歩間違うと、子供はとんでもない方向へ行く。ただ、私たちの場合は、気持ちが萎縮せず、かつ「うちのお父さんってすごい」と思わせられたことは確かである。

八代将軍吉宗は倹約政策を取り、多くの行政改革を行なったわけだが、それに真っ向うから反対したのが尾張藩主の徳川宗春。倹約は人心を荒廃させるとして、華美をすすめ、自由開放政策を取り入れた。

我が家ではいわば吉宗と宗春が同居していたのだから、その戦いは熾烈を極めたであろう。幼くて気づかなかった私と弟は、「見なくてすんでよかったね」と、胸をなでおろしている。

それにしても、両親のこの差は今もって、孫たちに向かう時に出てくる。弟の娘や息子が欲しい品物を二つ手に取り、どっちにしようか悩んでいると、必ず母は言う。

「欲しいなら、二つとも買いなさい。おばあちゃんが買ってあげるから、そんなことで悩むんじゃないの」

それを見るたびに、父は苦虫をかみつぶし、言う。

「何でもかんでも、簡単に手に入ると思っちゃいけないんだよ。わかってるね」

弟は苦笑して、私にぼやく。

「まったく、どっちもたてなきゃならないし、困るよなァ。うちの親は」

いずれにせよ、たっぷり愛されて育てられたという自覚は、父に対しても母に対してもふんだんにある。

共通点のない両親の、この一点だけが最大の共通点である。

ふたりの小三郎

私はNHKのテレビ小説『ひらり』を書く時に、島田正吾さん演ずる質屋の老主人を「小三郎」という名前にしようと決めていた。

小三郎は実は私の亡き祖父の名前である。嘉藤小三郎といい、音頭上げ[※1]の名人であった。祖父は左翼思想の持ち主の新聞記者で、戦時中には思想犯で投獄されたこともあると聞く。

これらはむろん、私が生まれる以前のことで、私の記憶にある祖父は記者をやめた後の姿である。秋田の土崎で建設業を営んでいたのだが、事務所ではいつもマルクスを読んでいた。初孫の私を可愛がって、可愛がって、夜になるといつも囲炉裏のそばに座らせ、一緒にカヤキ[※2]を食べ、酒が入ると音頭上げを歌ってくれる祖父であった。

『ひらり』の中の小三郎は質屋の店番をしながら、いつでもシェークスピアを読んでいる。そして孫娘のひらりを可愛がって、いつもそばにおき、下町の祭り唄を歌ったりする。これはまさしく、祖父と私自身をダブらせて書いたものであった。

私は小三郎のイメージモデルが祖父であることも、名前が同じであることも、ずっと誰にも言わなかった。そして、収録が終わった後の打上げパーティーの挨拶で初めて言った。

「ひらりを最後まで書き通すことができたのは、祖父小三郎と島田正吾さん演ずる小三郎と、二人の小三郎が私を守ってくれたおかげだと思っています。ありがとうございました」

スタッフや俳優さんたちから拍手がおこり、そして島田正吾さんがステージに進み出ておっしゃった。

「内館さんに、島田小三郎から歌をプレゼントします」

割れるような拍手の中、島田さんが歌われたのは祭りの小唄であった。私は会場の片隅でそれを聴きながら、祖父小三郎がいつもいつも歌っていた音頭上げと重なってならなかった。

土崎は私のふるさと、そして私の体には音頭上げの血が流れている。

※1　土崎の港祭りの囃子歌
※2　秋田の郷土料理

二五〇円のイヤリング

大学に入ったばかりの頃、私は父と服部時計店の前で待ち合わせた。夏の宵だった。

今年七六歳になる父は、今でもどの町よりも銀座を愛している。

「昔から銀座がいちばん好きだ。どんなに変わっても銀座がいい」

と言う。

が、父は新宿をホームグラウンドとする早稲田の出身で、大学時代は坊主頭の体育会。稲泳会に所属しているバリバリの水泳選手であった。

色あせた古い写真を見ても、学生服に坊主頭の父に銀座が似合うとはどうしても思えない。が、私が物心ついた頃から、何かあると必ず言う。

「じゃ、銀座の服部時計店の前で待ち合わせよう」

こうして、大学に入ったばかりの私はやはり、服部時計店の前で父を待ったのである。

その日、何の用があったのか、今となってはまったく思い出せない。いつもなら母や弟も一緒なのだが、とにかくその日は父と二人であった。

が、私は二五年たった今でも、その夏の宵の思いだけは鮮烈に覚えている。

私が初めてイヤリングを買った日だからである。

その頃、私はイヤリングが欲しくてたまらなかった。今なら高校生でもピアスをするが、当時の女子大生で日常的にイヤリングをしている人は少なかった。美大という、決して地味ではない私の大学でも、イヤリングをしている人はごく限られた「進んだ人」だった。

当時の女子大生のパターンは、大きく三つに分かれていたと思う。

ひとつは七〇年安保にからむ学生闘士。うす汚れたTシャツにジーンズで、いつでも自治会室に寝泊まりし、政治の改革を叫んでいる人たち。

もうひとつは先端のファッションで決め、イヤリング、マニキュア、そして踊りもお酒もタバコもいける進んだ人たち。

もうひとつは親からの仕送りをやりくりしながら、ひたすら勉強する地味な人たち。これは地方出身者が多かった。

困ったことに、私はそのどれにも当てはまらなかった。こっそりと社会主義的な本を読みあさり、闘士にシンパシィを感じているのに、運動に身を投じる気はない。むしろ、「進んだ人」に憧れる。だが、学生運動の嵐が吹き荒れる時代に『共産党宣言』さえ読まず、チャラチャラとイヤリングをつけている仲間にも入りたくない。

今になると笑ってしまうのだが、その二つの狭間で私は揺れていたのである。イヤリングをつけるということは、私にとっては大きな選択だったのである。

服部時計店の前にあらわれた父は、私に言った。

「とりあえず『ライオン』でビールでも飲むか」

父は「ライオン」のドアを開けた。そのとき、私の目はさり気なく、でもしっかりと露店をとらえていた。「ライオン」の前に小さな露店が出ており、安いイヤリングや指輪が並べられていたのである。それは裸電球に照らされ、ドキドキするほど輝いていた。ちゃんとした店で見る物よりも何倍も挑発的にキラめき、私をそそった。

父と向かいあってビールを飲みながらも、私は露店のイヤリングのことばかり考えていた。いまや、『共産党宣言』は完璧にどこかに押しやられていた。

私はどうやって露店でイヤリングを買おうかと思い悩み、父の言葉など耳に入らない。ビールを飲み終えたら買えばすむことなのだが、私は「イヤリングが欲しい」という思いが父にばれるのがイヤだった。理屈ではない。女になりつつある季節を示すようで、どうも気持ちが悪かった。

ところが幸いなことに、「ライオン」のレジがひどく混んでいた。父が列の後ろに並ぶや、私は言った。

「外で待ってる」

そして、夜の通りに飛び出した。

露店の台の上には、本当に安っぽいアクセサリーがギッシリと並んでいた。私は小さな小さな銀色のイヤリングをつまみあげた。それは小豆粒ほどのハート型で、私の記憶に間違いがなければ、二五〇円だった。

二五〇円のイヤリングなら、闘士にシンパシィを感じていても許されるような気がしていた。

「これください。包まなくていいわッ」

私は父が出て来ないうちに買おうと焦り、大急ぎでお金を出した。が、一瞬早く、父が出てきた。

「可愛いから買ったの」

照れかくしに笑った私に、父はポツンと言った。

「欲しいなら、もっとちゃんとしたのを買ってあげるのに」

おそらく、「欲しい」と言えば、父は「ミキモト」で小さなパールを買ってくれたかもしれない。なにしろ、小学生の私に外国土産だといって、香水を次々に与えた父である。「シャネル№5」も、「ミツコ」も、「夜間飛行」も、「ディオリッシモ」も、最初のひとびんはすべて父からのプレゼントだった。中学に入った頃には学習参考書の数より香水の数の方が多かったくらいである。

そんな父に、「二五〇〇円のイヤリングならなんとなく許される気がする」と説明したところでわかってもらえまい。

「いいの。可愛いから」

私はそう言って、その安っぽいイヤリングをバッグにしまった。

夏の夜の銀座通りを歩きながら、案の定、父がポツンと言った。

「もうイヤリングをつける年齢になったか」

私はこの言葉をどこかで予想し、それを避けたいがために、父に見つからぬうちに買ってしまおうという気が確かにあった。こういう言葉は、私にとってはひどく気恥ずかしいものだった。我が家では、母は絶対にこの手のセリフは吐かないが、父はサラリと言う。それが私にはよくわかっていた。

それでも私は、二五〇〇円のイヤリングを毎日つけて学校に通った。髪が長かったので、ほとんど目立たないのもよかった。そのくせ「イヤリングをつけている」という満足感だけはちゃんとある。私はどこまでいっても、「闘士」にも「進んだ人」にもなれない、情けないタイプだったと思う。

そのイヤリングをどれくらいの期間、愛用していたのだろうか。いつの間にかつけなくなり、そしていつの間にかどこかへなくした。

が、今でも露店の二五〇〇円のイヤリングを思い出すたびに、反射的に坊主頭の若き父の写真が思い浮かぶ。どちらも銀座にはひどく不釣り合いで、それでいてなぜか銀座にしか似合わない。

どんな異質なものでも飲み込み、同化してしまうのは銀座だけが持つ魅力である。そしてそれはとりもなおさず、「東京」という魔都そのものの魅力なのだ。

大学時代

私、あの頃はよかったたって振り返る方じゃないんですけどね。ただ唯一、こういうふうに生きていればよかったたって後悔しているのが、大学時代なんです。

この写真は、学校の裏手にある武蔵野の雑木林。枯れ葉が秋のいい感じだって、友人たちと、一人ずつポーズをとって撮影したものなんです。白い網タイツに革のジャケット。おしゃれには気を使う美大生でした。

当時は、七〇年安保をめぐって学生運動が盛んでね。

私は気持ちと頭は学生運動に共感していたんだけど、とにかく、安全で平凡に生きようと思ってた。そういうルートからはずれるようなこと、やりたくなかったのね。ラグビー部のマネージャーをするかたわら、結局、アルバイトに精を出してブランドものを買いまくるようになってました。友人たちと飲んで騒いで新宿のゴーゴー喫茶なんかもよく行くようになって。新宿の夜明けなんて、何べん見たことか（笑）。

それはそれですごくよかったけど、もっと勉強しておくべきだった、学生運動をや

武蔵野美術大学一年生の秋

っとくべきだったって。

安保とか原水艦、日韓問題とかに言いたいことはあったし、共産党宣言とか、小田実とか山のように読んではいたんですよ。

ただ、学生運動やっている人たちの、ある種の「村」みたいな感じが生理に合わなかったのね。

今秋スタートするテレビドラマでは、風間杜夫さんが学生運動で挫折した男を演じているんです。

今の二十代は、基本的には私たちの頃と変わってないと思うけど、もう少し国のことを考えてもいいんじゃないかと思います。

あるテレビ番組で若い女たちに「どうやって自分をアピールしたいか」と訊いていて、たくさんの人が「肌の露出」と答えていたのは悲しかったですね。

自由な学園生活を送って幸せな時代だったけど、「時代と寝なかった」ってことが、今思うと残念ですね。

（談）

恋文

ＮＨＫの朝のテレビ小説『ひらり』の最終回、私は一番最後のナレーションを次のように書いた。

「生きていることが好き。

みんなが好き。

東京が好き。

ひらりは体中に青空が広がってくるのを感じていました。　完」

こう書いてからコトンと鉛筆を置き、ボーッとした。書き直しをも含めて二百字詰め原稿用紙で約八千枚にのぼった大仕事が終わった瞬間は、嬉しさだの満足感だのはない。ただ、ボーッとしているだけである。しかし、ボーッとしている頭の中に唐突にひとつの思いがすべりこんできた。

「『ひらり』というドラマは、私から東京という街に宛てた恋文だったんだわ」

そう思い当たった時、こともあろうにラジオから『ひらり』のテーマ曲、「晴れたらいいね」が流れてきた。そして、ディスクジョッキー氏が元気に叫んだ。

「東京がこんなにいい街だったなんて、僕は『ひらり』を見て初めて気づきましたッ」

私は突然涙腺がゆるみ、ポタポタと涙をこぼした。大仕事に「完」と書いた夜のことであり、ハイテンションになっていたこともあろうが、愛してやまない東京に宛てた恋文が、受け入れられたような気がしたのである。

あれほどの情熱をこめ、あれほどの長き恋文は私の人生において初めてである。

横綱鏡里

私は幼い頃、いじめられっ子だった。過保護からくる極度の社会性欠如で、友達はつくれず、返事はできず、誰かが見ていると食事さえできなかった。あげく、体がか細かったのでいじめっ子にとっては格好の餌食《えじき》だった。

とうとう幼稚園の先生が手を焼き、私は強制的に中途退園させられた。それからというもの、無口な幼女は日がな一日、紙相撲をつくっては一人遊びしていたのである。

その頃、幼い私の心にはいつも横綱鏡里が棲《す》んでいた。第四二代横綱は美しい太鼓腹と、青森が育んだ雪のような肌を持っていた。美しくて強くて優しそうで、強制退園のいじめられっ子は鏡里に安らぎを覚えていたのだと、今にして思う。幼稚園でいつも私を助けてくれたのが〝巨漢〟の男の子だったということも非常に大きい。あの四歳の日から、私は大相撲おたくになった。四歳のおたくというのは日本新記録かもしれない。そしてあの四歳の日から、私はどうも巨漢に弱い。巨漢というだけで何もかも信じられる気がしてしまう。

しかし、小学校に入るや、私はすっかり元気で陽気な少女に変身していた。それでも鏡里だけは変わることなく心に棲み続け、私は今もって巨漢力士を追って本場所に通いつめる。

鏡里との出会いが四〇年間ものめりこめる趣味になり、テレビ小説『ひらり』に結実した。幸せなことだと思う。唯一の不幸は、鏡里を思うとどんな男も華奢《きゃしゃ》に見え、いまだに結婚できぬことである。

高校教師

私は異常に数学ができない。恥ずかしい話だが、一〇、〇〇〇から二五一をひき算せよと言われたら、今でもとっさには答えが出せない。

それでも都立田園調布高校に何とかもぐりこんだ。が、悲惨な日々はそれからである。数学の成績は学年最下位。それもブービーに大きく水をあけられ、成績表は10段階の1である。中学の教科書に戻って、自主的に復習してみたが、まったく理解できない。

高校一年のある日、とうとう母が担任に呼び出された。担任は鈴木茂夫先生という、国語教師であった。

名誉回復のために申し上げるが、私は国語だけは異常にできた。現代国語、古典、漢文とすべてが学年のトップ。それも二位に大きく水をあけて、成績表は10段階の10である。

しかし、担任はつらそうに母に申し渡したそうである。

「この数学では都立に在籍させられません。私立に移ることをお考え頂けませんか」

幼稚園を強制退園させられ、今度は高校もか……と、両親は深刻に悩んだらしい。そんなある日、担任が私にポツンと言った。

「僕はね、たったひとつだけ異常にできる子って、本当はすごく好きなんだよ。それを抑えつけて、すべて平均点にしてはその子の不幸だとわかってるんだけどね……」

この一言は効いた。一六歳のあの日、私は「得意なことで生きていこう」と無意識に意識させられたと思う。

一昨年、テレビドラマ『千代の富士物語』を書いた時、横綱の母上がおっしゃっていた。

「体育がずばぬけてできた子でしたから、先生が他のことはどうでもいいって」

教師の力は大きいとつくづく思う。私が何とか自信喪失せずにすんだのも、担任が卒業させようと根回ししてくれたからだと思う。

女友達

一三年半勤めた会社を辞める時、何よりも怖かったのは、会社の女友達と会えなくなることだった。

失恋しようが、親と喧嘩《けんか》しようが、上司に腹を立てようが、会社に行って女友達に話すことでどれほど救われたかわからない。私の書くドラマには、会社の給湯室で話すOLたちがよく出てくるが、あれは私の実体験である。

が、実際には退職しても女友達との縁は切れなかった。会う回数は極端に減ったが、思いの濃さというものはまったく変わらない。

考えてみれば、学生時代からの女友達も、脚本家になってからの女友達も、たとえ年に一度しか会わなくてもイザという時はSOSを送り合う。

昨年、私はドラマの現場で、中学時代の同級生と二七年ぶりに再会した。もちろん、偶然であった。彼女は俳優のスタイリストとして、私の書いたドラマに携わっていたのである。

その頃、私は脚本を書くことだけでなく、あらゆる雑務まですべて自分一人でやっていた。正直なところ、パンク寸前であった。それを見ていた彼女は、ある日言った。

「正式な秘書が見つかるまで、私が引き受けるわ。あなたは書くことだけ考えなさいよ」

以来二年間、彼女は自分の本職のかたわら、私を助けてくれた。

「しょうがないわよ。見てられないもん」

彼女はいつも言っていた。思えば女友達との関係はいつでも、誰とでも「しょうがないわよ。見てられないもん」である気がする。日頃は思い出しもしないのに、何かあるとお互いに立ち上がる。

そんな女友達は、恋人や男友達とはまた違う元気の素である。

摩天楼

私の人生を根こそぎ変えたのが、実はニューヨークの摩天楼であった。

私はもともと人工的なものが好きである。決して自然を破壊してビルを建てよというのではない。ただ、私自身は森や湖を見るよりは、都心の夜景を見る方が安らぐ。赤富士よりもライトアップされた東京タワーを美しいと思う。神がつくった自然は崇高でみごとなものに決まっているが、愚かな人間が懸命に造りあげたものは妙にいとおしいという思いがある。

初めてニューヨークに旅した二九歳の頃、私は毎日うつうつと会社勤めをしていた。会社の居ごこちはよかったが、このままでいいのかと悩み、さりとて何をやったらいいのかわからない。特別にやりたいこともない。出口の見えないいらだちを抱え、一週間のニューヨーク観光に出かけたのである。

その第一夜に打ちのめされたのが摩天楼であった。マンハッタンの摩天楼があそこまですごいものだとは予想もしていなかった。人間にはこれだけのものを造る力があるのに、私は何の努力もせず、何と不平不満ばかりなことかと思った。

そして帰国するや、脚本家養成学校の夜学に通い始めた。文章を書くのが速いというだけで選んだ道であった。

この話をするとたいていの人は笑う。

「そんなドラマみたいなことがあるかしら。たかだか摩天楼で人生が引っくり返る?」

引っくり返ったのである。

脚本家にはなれないかもしれないが、努力だけはしてみようと思わせてくれたのは、本当に摩天楼だったのである。血の通わぬコンクリートジャングルが、私のやる気に血を通わせてくれたと、今でも思っている。

銀座の老女

ある時、銀座で老女に呼び止められた。

「帝国劇場はどこでしょうか」

私が道を教えると、老女は笑って言った。

「ありがとう。今日はどちらにお出かけですか」

「え……はい、買い物に……」

「そうですか。私もね、そろそろ夏物を買わなくちゃと思ってるんですよ。このところ急に暑くなりましたものねえ」

面くらっている私をよそに、老女は一分間ほど勝手にしゃべり、深々と一礼すると帝国劇場とは逆の方向へ歩いて行った。私が思わず声をかけようとするより一瞬早く、老女は別の女の人を呼び止めた。

「帝国劇場にはどう行けばよろしいの？」

そして、私の時と同じようにおしゃべりを始めた。私は一〇年前、これと同じ光景をニューヨークで見たことがあった。よそいきの服に帽子をかぶった老女が、道行く人に次々と時間をきいては優雅な会釈を繰り返していた。

銀座の老女もニューヨークの老女も、本当のところはわからないが、おそらくは独居で、話し相手がいないのではあるまいか。電話も鳴らず、手紙も来ない老いの日々を、道や時間をきくことで支えている気がしてならぬ。

もしもそうならば、私は彼女たちをみごとだと思う。自分で自分をお守《も》りする心意気に感服する。

老いは誰にでもやってくる。私はいつか独居老女になったなら、自分で自分をお守りしたいものだと思う。体の続く限り国技館に一人で通える老女になりたい。缶ビールを片手に、三階席から鏡里によく似た巨漢力士に声をあげ続けたいと思う。

私の愛する巨漢

私は小学校二年生まで、棒についたアイスキャンデーを食べさせてもらえなかった。着色料が体によくないと両親は言うのである。笑い話のようだが、桃も小学校二年生まで食べたことがない。お腹をこわすと両親は言うのである。桃を初めて食べた日のことを私は今でもハッキリと覚えている。父に内緒でこっそりと買ってくれた母は、それをシロップで煮てから私に与えたのである。おいしいわけがない。

とにかく想像を絶する過保護の幼女期であった。両親にとっては初めての子であり、祖父母にとっては初めての孫である。たくさんの若い叔父、叔母にとっても初めての姪で、私が歩く先々の石ころや小さなゴミまでも大人が総出で取り払うような毎日であった。

私は当然のことながら社会性に欠け、友達もつくれないし、人ごみが恐い。他人が見ていると食事もできないし、小指で押されただけでもメソメソと泣いた。

こんな子供が幼稚園に入れば、かっこうの標的になる。私は来る日も来る日もいじめられ、友達ができないので一日中口を結んで一言もしゃべらずにいた。

そんな中でいつもいじめから助けてくれる男の子がいた。私もその子も満五歳だった。私がぶたれたり、つねられたりしてじっと下を向いていると、いつでもその子がどこからともなくやってきて、

「あっちから逃げな」

と言う。幼稚園で一度も声を出したことのない私は「ありがとう」さえ言えず、いつもオドオドと指示通り逃げていた。その男の子は色が黒く、いかつい顔をした巨漢であった。それだけは間違いない。

私はマニアックなまでに大相撲が好きだが、どう考えても巨漢に助けられた幼時体験が影響しているとしか思えない。今でも好きな力士はすべて巨漢である。水戸泉、久島海、豊ノ海、両国、大翔山、立洸。同じ巨漢でも起利錦、北勝関、琴の若はいささか美男子すぎて勝手が違う。

幼稚園には半年通っただけで中途退園させられた。あまりに手がかかり、両親が退園勧告を受けたのである。

退園後の私は毎日一人で紙相撲をつくって遊んでいた。ろくに平仮名も書けないのに、目で覚えて「鏡里」とか「吉葉山」などという難しい漢字はスラスラと書けた。

昭和二九年頃だったろうか。粗末な木のテーブルの上で紙力士を取り組ませ、日が

な一日トントンと指で卓上を叩く。自作の星取り表に星を書き入れる。それにあきると自分で絵本をつくった。「鏡里のいちにち」とか「吉葉山ものがたり」などを勝手に創作しては画用紙で本にする。

思えば、幼い私の中にはいつでも心優しい巨漢が棲《す》んでいたのである。

ところが信じられないことが起きた。小学校に入学するや、底抜けに明るい子供に変身してしまったのである。実に簡単な話だが、担任教諭がクラス全員の前で私をほめたのである。

「内館さんは字もうまいし、書くのも速いし、すごいよ。みんなも内館さんに負けないように頑張ろうね」

この一言で、たったこの一言で、私は翌日から陽気で元気な子供に生まれかわってしまった。暗い幼女期にいつもいつも「鏡里ものがたり」をつくっていたのであるから、読み書きが他の子よりきわ立ってうまいのは当然のことであった。

しかし、それまで他人にほめられたことのない私にしてみれば、これは人生を変えてしまうほどの一言だったのである。

その後は人の五倍もしゃべり、五倍も笑い、五倍も桃を食べるような娘になったが、それでも大相撲だけはまったく変わることなく好きだった。それればかりか年々、のめりこみ方が激しくなっていった。

ＯＬ時代は有給休暇の大半は本場所通いで消えた。新幹線に飛び乗って大阪にも名古屋にも行った。

今でも必ず取り組み開始の一番から全部観るが、当時はデータブックだけでも大学ノート何冊になっていただろう。序ノ口から丁寧に観て、強くなりそうな力士をマークする。その力士が出世していくときめきは、どんなによくできたサクセスドラマより面白く、どんなプロスポーツより美しく、どんなゲームよりスリリングであった。

ＯＬ時代、何とか大相撲に関係した仕事につけないものかと、どれほど転職にアタックしたことか。相撲記者から床山まで、あらゆる職種の門を叩き、すべて断られた。

今、ＮＨＫ朝のテレビ小説『ひらり』を書きながら、心があったかくなる時がある。これだけ相撲を愛し、あれだけ相撲の仕事に挑んでも叶わなかった私が、相撲を扱ったドラマを書いている不思議。「相撲ブームのおかげだよ」とも言われるが、やはり幼女期から私の心に棲みついている巨漢がチャンスをくれたとしか思えないのである。

姉弟で寄席通い

高校時代、弟は落研にいた。

「落語は古典ヨ、古典。すぐに消えちまう流行語なんざ取り入れた新作は、落語じゃねえってんだよ。長屋噺に与太郎噺ヨ。な」

青いだけに言うことはナマイキで、年がら年中、「左平の嬶《かかあ》は引きずりで……」だの「えー、孝行糖ッ、孝行糖……」などと練習しながら通学していた姿を思い出す。

私自身は落語には何の興味もなかったのだが、弟と一緒によく寄席に出かけた。末広も本牧亭も国立劇場も、そして横浜のスカイビルでやっていた定期寄席にも足しげく通っていた。あの頃、私はきっとボーイフレンドがいなくて退屈していたのだろう。そうでなければ興味のない落語を聴きに、それも弟ごときと出かけるわけがない。弟は弟で、寄席の入口で必ず言う。

「姉貴、俺から離れろよな。いつもお前と一緒だと、彼女かと思われて困るんだよ。俺、お前のこと趣味じゃねえからヨ」

「こっちだって趣味じゃないわよッ」

と毒づきつつ、必ず帰りは私がラーメンをおごらされた。大学生の姉と高校生の弟は、ラーメンを食べながら、その日の寄席の感想を語るのである。思えば、姉弟の歴史きっての、ほのぼのとした一時期であったし、「本音」を言えば、毒づきあいながらも、落語談議は面白かった。

しかし、やがて姉は趣味のボーイフレンドができ、弟は大学受験に忙しくなり、寄席からもどんどん遠のいてしまった。

それから二〇年近く、私自身は落語をテレビやラジオで聴くことさえなかったのである。弟とて就職し、海外駐在員となって七年間も日本を留守にしていた。おそらく、海の向こうで落語を聴くことはなかったのではあるまいか。

そんなある日、NHKラジオの「ふれあいラジオパーティ」の担当プロデューサーから、私のところに電話がかかってきた。

「ラジオに御出演願えませんか。スタジオに落語家さんをお招きして、古典を一席やって頂きましてね、その後で何人かの出演者が自由に語りあう企画なんです。古典落語にはおしきせがましく教訓も含まれてますから、ここはひとつ『古典落語に学ぶ喧《けん》嘩《か》術』などというのを考えてるんですよ」

私はふたつ返事でお引き受けした。スタジオで一席やるなんて邪道だとの声もあろうが、私は至近距離で落語家さんを見られて、ナマで噺を聴けることにワクワクしていた。きっと、寄席では見ることのできない、個人の本音みたいなものが匂ってくるかもしれない。こんな贅沢はありえない。

ところが、いざ出演してみると、他にも思いがけぬ発見があって、これが実に面白い。改めて驚いたのが、古典落語のドラマ性である。わかりやすく単純な話なのに、何とも心憎いばかりにツボをおさえたドラマばかりである。

「落語に学ぶ喧嘩術」では圓蔵の「火焰太鼓」、小三治の「笠碁」、楽太郎の「ねずみ穴」、馬風の「親子酒」を至近距離で聴いた。

この番組は好評を博し、続いて「落語に学ぶ嘘つき術」が登場。馬風の「ガマの油」、圓楽の「芝浜」、圓蔵の「弥次郎」、小遊三の「三枚起請」を聴かせて頂く。

またまた好評で、今度は「落語に学ぶ離婚術」である。この時は談四楼の「厩火事」、志ん輔の「あわびのし」、小遊三の「替り目」、権太楼の「子別れ」、楽太郎の「紙入れ」を、たっぷりと楽しませて頂いた。

面白いのはスタジオでもビシッと着物を着てくる師匠が多いこと。そして寄席と何ら変わることなく扇子を使い、目線や表情を使いわける。当然といえば当然だが、どこにあっても「本音」が変わらぬことに、私は嬉しさを覚えていた。

今、弟は帰国し、三児の父となった。近々、また姉弟で寄席に行ってみたい。これも私の変わらぬ「本音」である。

大連の街

「デジャ・ヴュ」という言葉があります。

日本語では「既視感」と記すことが多いようですが、「かつて見たことがあるような感じ」といった意味によく使われます。

大連という街は、私にとってまさに「デジャ・ヴュ」を感じさせてくれました。大連は、駐在中の弟が住んでおり、訪ねるのは今回が初めてです。当然ながら、何もかも初めて見るものばかりです。

それなのに、妙に懐かしい。どうも以前に見たことがあるような懐かしさ。それは決してテレビで見たことがあるとか、映画や本で見た気がするとか、そういう思いではありません。それなら単に、「情報」です。そうではなく、もっと深いところで「既視感」を抱くような懐かしさでした。

仕事の関係で、随分たくさんの国々を訪れていますが、「既視感」を抱かせてくれる街は非常に少ないのです。

もちろん、かつては日本人が数多く居住していたからという理由もあるでしょう。

しかし、私は大連の持つ「既視感」は街の優しさから出てきたものだと思っています。

残念ながら、日本は今、あまり優しい街とはいえなくなってしまいました。でも、かつては間違いなく、日本も優しい街だったのです。

大連に足を踏み入れた時、日本が失ってしまった優しさが、ある種の「既視感」となって私の中によみがえってきたように思います。

優しい街で暮らすと、人間も優しくなると私はいつも思っています。

人間の短い生の中で、ある時期、こんなに優しい街大連で暮らすことのできる人たちを、私は羨んでいます。優しい街が与えてくれるサムシングが、大連で暮らす日本人の「豊かさ」になるものと信じています。

夕暮れのグラウンド――武蔵野美大ラグビー部・元マネージャーとして

いつでも思い出すのは、夕暮れで。
夕暮れのグラウンドの匂いで。
ラグビーという過酷なスポーツに汗を流す男たちが好きで。
うめく男たちが好きで。
女のウエストほどありそうな、男たちの太ももが好きで。
男というものが神から授けられているはずの「闘争心」が好きで。
腕力のある男たちが好きで。
夕暮れの中、鷹の台ホールに灯がともるのが好きで。
何よりも私自身が好きで。
そんな男たちをグラウンドの片すみで、ポツンと一人で見守っている私自身が好きで。

あの時代、私は「見守ること」に女のロマンがあると気づいたように思う。それは青い時代の、乙女の陶酔だったかもしれぬ。それでもやはり、女がおかしてはならぬ男の領域があるのだと。それに気づかされたのは、実に心豊かになれることだった。

卒業して二五年近くがたった夜、私は一人でグラウンドを訪ねたことがある。NHKの連続テレビ小説『ひらり』の脚本を書いている頃だった。運転していた車を突然Uターンさせて、何を思ったかグラウンドをめざした。夕暮れはとうに過ぎて、大きな月が出ていた。誰もいないグラウンドに立ち、月を見た。

それはもはや青い時代には帰れない女の感傷だったのかもしれぬ。それでも確かに、私にはここで過ごした日々があったのだと笑みがこぼれた。

あの頃、部室の壁には「楽苦備」というなぐり書きがあった。

あんなにすてきな当て字をする部員たちが好きで。

ほんのたまに思い出すことが好きで。

「グラウンドは心の故郷かな……」なんて思う私自身のクサさも、結構好きで。

VI 転機

暗黒の時代

　私が三菱重工の横浜造船所にＯＬとして入社したのは、昭和四十年代の半ばです。そこでの私の仕事は月に一度発行される社内報や、入社案内などをつくることでした。社内報は十ページぐらいのタブロイド判のものでした。武蔵美《ムサビ》出身なので、とりあえずレイアウトや編集技術があるということでの配属だったと思います。そういう仕事をすることは、自分にとっても適していたんですが、私は初めから普通に生きるということしか考えていませんでしたので、一生働き続けようなどとは全然思っていませんでした。勤めて二、三年したら、結婚して退職しようと思っていたわけです。

　会社は、いわゆる大企業でしたから、石を投げれば東大卒に当たるという環境で、東大卒とはいわないまでも私好みの巨漢の男が、プロポーズしてくれるに決まっていると思い込んでいるところがありました。

　人間関係にも恵まれ、本当に楽しく、入社当初は夢のように毎日が過ぎていきました。ところが良かったのは、若さのある最初だけだったんです。会社には毎年毎年フレッシュな新人が入って来ます。日本は紫式部の時代から、色のついていない女の人を男が染めていくというのを良しとしますから、それをどうこういっていたのでは、しようがないんです。

私は武蔵美で、先端をいっている人たちに囲まれていました。ですから入社当時は超ミニで、網タイツで、十本の指に違った色のマニキュアをして、脱色した髪の毛の上にトンボ眼鏡をのっけて会社に行ってたんです。そんな女の子にプロポーズしてくれる人なんていませんよねえ（笑）。

入社して三年目くらいから私の暗黒期が始まりました。

というのは、このままではいけないという思いが次第に強くなっていくわけです。一番悲惨なのは、普通に生きようと思っていたのに、普通のルートをはずれた時なんですね。どうしていいかわからないから、完全に「待ち」の姿勢になるんです。その焦燥感は大変なものでした。

そんな時期が二九歳まで続き、唯一の楽しみは力士の追っかけでしたね。野越え山越えの全国行脚ですから退屈はしなかったんですが、やはりこのままではいけないとずっと思っていました。ところができることは何もない。打ち込めるものもない。ないないづくしで、あるのは年齢だけ、という状態でした。

どうしようかと考えた時に、やはり転職を考えました。いい会社だからといって同じ仕事をしていても先がない、長くいてもキャリアにならないことをとても辛く思っていましたから。二七歳ぐらいから二九歳までの間、二七社の入社試験を受けました。そのうちの三分の一ぐらいは受かっているんですが、大きな企業にいるということが大変なネックになってしまいました。私は十万人の従業員の会社にいるわけですから、たとえ五万人の会社に行くだけでもおじけづいてしまうんです。

何でもいいと思って飛び越えてしまえば、飛び越えられたと思うんですが、そんな勇気がなかった。雨露をしのげなくなるのが怖かったんです。じゃあ腹を括《くく》って、三菱重工の中で頑張ればよかったのにと思うんですが、なかなか腹が括れなくて、喘《あえ》ぐわけです。ほとんど悪あがきに近いぐらいの状態で、どんどん年だけとっていきました。何をしたらいいんだろうと、そればかり考えて焦りはピークでしたね。

今こういう仕事をするようになって、たとえば女優さんですとか、裏方さんですとか、一生芝居がやりたいとか、一生舞台に関わっていたいとか、そうした具体的な目標を持って頑張っている人がたくさん周りにいます。

私は三〇歳直前まで何がやりたいのか、何が好きなのかということが自分でまったくわかりませんでした。ですから、私の書くドラマに出てくる人たちというのは、どちらかというと目標が見つけられないタイプの人ばかりです。

最初から大学が医学部であるとか弁護士の試験に受かった人とか、そうしたエリートの人たちは、そんなに揺れることはないだろうと思う。たとえば心臓移植が成功するのしないのといったような揺れ方というのとは、まったく次元の違う話なんです。それから私の書く作品は、結婚した人の話というのもほとんどありません。結婚した人というのは、エリートです。亭主がどうしたこうしたといったって、とりあえずは金屏風の前に立ったことがあるわけですから（笑）、そういうエリートの女性に、私がエールを送る必要はありません。

そうこうしているうちに二八、九になって、突然気持ちが白けて「どうせ」という言葉が出てくるようになりました。

「どうせ私の人生にいいことなんか起きっこない」。これはテレビドラマの『ひらり』の中で、ＯＬの、みのりに言わせた台詞ですが、そういう捨て鉢な気持ちになった暗黒期が続きました。そのうちたくさんの女子社員が結婚退職していきました。私が勤めている頃は、結婚退職する人は、皆左手の薬指に指輪をして、なぜか振袖を着て会社に挨拶に来るのが慣例だったんです（笑）。私もいつかは振袖で挨拶したいなんて思って、もちろん羨ましいと思わなかったことはなかったんですが、それよりもショックを受けた事件がありました。

ある日、同い年の友達から会社を辞める、といわれたんです。私は「結婚？」と聞いたんですが、彼女は国家公務員上級試験に合格して法務省に勤めることにしたというんです。

その時の羨ましさは、結婚するから辞める人たちに対する羨ましさの比ではありませんでした。その時、「ああ、私は仕事の基盤を築きたいんだ」ということがようやくわかったんです。朝から晩まで「牧子ちゃん、まだお嫁に行かないの？」と言われるのは、私が何もできなくて、誰からも必要とされていないからなんだなと思ったんです。そこで、これは本気になって考えなくてはいけないと気がつきました。そして得意なこと、好きなことを仕事にしようと、とりあえず考えました。

好きなことはありました。大相撲です。それを仕事にしようと思いました。とにかく積極的に動かなければ何も始まらないので、相撲協会に電話をかけて、私を力士の床山にしてくださいとお願いしたんです。「取組前の力士に、女の人は触れられないので残念ですが……」と断わられました。私は企業の男女格差には腹を立てますが、相撲の場合は全然腹が立たないので、「ああそうですね」と言って引っ込みました。

そのあとどうしようかと考えると、私は原稿を書くのがとても速く、苦痛ではない。まあ好きなことと言ってよい、と気がつきました。そこで相撲と文筆と両方に携わることのできる相撲記者になろうと思いつきました。パーッと目の前が明るくなったような気がしました。

すぐに北海道から沖縄までの全部の新聞社と、相撲の本を出している出版社に片っ端から電話をして、「私を相撲の記者として使ってほしい」と売り込みました。三菱重工だって、私が何もできなかったから使いようがなかったんだろうと気がついたので、その時は、きっちりと売り込みました。

このエピソードは『ひらり』でそのまま使っていますが、相撲のことをどれだけ知っているか、たとえば日刊スポーツに売り込む時には、「私を記者にすれば、サンケイスポーツには、絶対負けない記事が書けるだろう」とまで言いましたよ（笑）。

ところが、当時は今とは違って、相撲記者に女性が入るというのはまったく考えられない頃で、結局一社も試験さえ受けさせてもらえなかったんです。

その時点でも結婚しようと思えば、できないことはなかったと思うんですが、何よりもまず仕事を持とうと、はっきり決めていましたね。

ある日、たまたま夕刊で、シナリオライター学校の生徒募集の広告が目に入ったたんです。「プロになるまで指導します。業界は若い力を求めています」というキャッチコピーでした。そうか、プロになるまで指導してくれて、業界に人手がないとすれば、これはなれるかもしれないと思い、すぐにその学校に行きました。

その翌週から、会社が終わった後、学校に通うようになりましたが、私はずっと体育会だったもので、ほとんど映画は見ていなかったんです。それでシナリオライターというものがどういう仕事をするのか、ここで初めて詳しくわかったんです。

それまでは、シナリオライターというのは、たとえば、夏目漱石の『坊っちゃん』という原作があって、それを一ページ目からシーンに割っていく仕事だと思っていた。それならば場数を踏めば何とかなるだろうという非常に甘い考えで臨んだんですが、実はオリジナルが書けなければいけないんですね。つまりゼロからの創作です。私が手掛けたもので、『千代の富士物語』というドラマがありましたが、これでさえ、千代の富士とその周辺を取材してお話を一からつくっていったものです。シナリオライターというのは作家なんだということを、学校に行って初めて知ったんです。

困ったな、と思いました。恥ずかしいと思ったんです。だってお話をつくるなんて、自分をさらけ出すことでしょう。内館さんてこういうことを考えてるんだ、とばれるのは嫌だな、というつまらない見栄が邪魔をして、シナリオライターは私には向かないという結論を出しました。

また、シナリオ学校のクラスメイトとは土壌が違っていたこともありました。彼らは朝から晩まで映画を見ているような人たちばかりでしたから、私には合わないと思って、すぐにやめてしまいました。

またどうにかしなきゃいけないとぐずぐず悩み始めることになりますが、その時はもう二九歳になっていました。その頃、何をしていたかというと、ひたすら海外旅行をしていたんです。休暇がたくさんありましたから、あらゆるところへ年に三回、四回と出かけていました。その時期は最低のＯＬでしたね。

今でも覚えていますが、私が給湯室でお茶碗を洗っている時、二日酔いの課長に、「内館君、水くれ」と言われて、「ああ、そこに蛇口があります」と言ってしまったんです（笑）。それほど心が荒《すさ》んでいたんです。それでもやはりずるいことにその企業を切ることができなかった。

それは、怖さもあったんですが、やはりどこかで、この会社の中でもう少し頑張れば、いいことがあるかもしれない、という思いがあったんだと思います。これは非常に恋愛に似ていますね。もうちょっと頑張れば彼がこっち向くんじゃないかという思い。でも、はっきり言って向きません（笑）。次のことを考えた方がいいと私は思います。

そういう状態で会社にいて、海外旅行ばかりしていた時期に、友達にニューヨークに行かないかと誘われたんです。その時はまったくニューヨークなんかに興味がなかったのですが、ヨーロッパから帰ってきたばかりにもかかわらず、会社で「結婚はまだ？」と言われ続けるよりましだと思い、すぐにニューヨークに行きました。休暇は取るし、態度は悪いし、仕事はできないし、ろくなＯＬじゃなかったですよ。

ニューヨークには女友達と二人で行きましたが、この旅行が、私の人生を根こそぎ変えてしまったんです。もしあの時ニューヨークに行っていなければ、きっと私は、フリーランスの仕事は怖くてできなかっただろうと思っています。

ニューヨークにいらした方はご存じだろうと思いますが、ニューヨークはクイーンズ区というところにケネディ空港があって、まずそこに飛行機がつきます。そこから、闇の中をずっと走ってマンハッタン区に入るんですが、マンハッタンは、島になっていて、摩天楼がたくさん立っているところです。クイーンズというのは、ちょうど成田のように、外れにあります。

真っ暗闇の中をバスでずっと走ってマンハッタンに入ってきた時に、ふと目をあげると、溢れるばかりの光の洪水の摩天楼が、夜空に突きささっていました。私は人工的なものがとても好きで、ハイウェイとか、ビルとか橋とか、そうしたものを見ると、ブルブルッと震えてしまうんです。

マンハッタンの摩天楼を見た時は、本当にすごいところに来たな、とゾクッとしました。今のようにニューヨークに関する情報があまりなかったので、私は非常にショックを受けたのを覚えています。

その夜、友人はよく眠っていましたが、私は興奮のあまり眠れなくて、翌日の朝早い時間にホテルを出て、一人で五番街の真ん中に立ちました。三六〇度、ぐるりと摩天楼がそびえていて、私はちょうど、すり鉢の底に立っているという感じでした。これは強烈でした。その時何を考えたかというと、人間というのは、何とすごい力を持っているんだろう、ということでした。これだけのものを造るんですからね。

しばらくじっとそこに立っていたと思うんですが、朝の七時ぐらいになって、マンハッタンの街が忙しく動き始めました。ちょうどその頃、リブの嵐がニューヨークで吹き荒れていて、女の人たちが肩パッドの入ったスーツを着て、スニーカーをはいて、アタッシェケースをさげて、街角で売っているプリッツェルという塩パンをかじりながら会社に向かっているんです。

その姿を見て、全然美しいとは思いませんでしたが、戦場におもむく女という印象を持ちました。海のこちら側では、女の人たちが、こんなふうにまなじりを決して会社に行くんだな、と思ったんです。私は日本で、コピーがいやだとか、課長の顔が気に入らないとか、そんなことを思って毎日を暮らして、何と人生を無駄に生きていることだろうと、その時思ったわけなんです。そして、日本に帰ってからしっかり生きよう、と人生で初めて腹をくくりました。

それでどうしたかというと、他に手立てがなかったので、シナリオ学校に戻りました。そこでシナリオを改めて勉強して、その間に書いた原稿を雑誌に応募したら、それが佳作をいただいて、それをきっかけに今の仕事を始めたんです。

私はニューヨークに行くまでの二六歳ぐらいから二九歳ぐらいまでは、まったく先の見えない焦燥感がずっとあって、大変苦しい時期でした。今こういう仕事をしていると、昔のことなんか忘れてしまったでしょう、などとよく言われますが、女性の二十代前半から、三十代半ばまでというのは大変重要な時期なんですね。ですから、あの頃のいろいろな思いというのは、忘れることはありません。

私は三五歳で会社を辞めた後、収入のアテが月に二万円しかありませんでした。それでもあれだけ辞めるのを怖がっていた会社を、何の保証もないにもかかわらず、ポロッと辞められたのは一つの転機だったのだと思います。

ですから、転職を考えていらっしゃる方は、力づくで辞めなければ辞められない、という時期には辞めない方がいいと思います。それはまだ転機に至ってないんだと思いますね。

私はスタートがとても遅かったわけですが、あるドラマの中で、「何かをやり始めようと思った時が一番若いんだよ」と鈴木清順さんが言う台詞を書いたんです。我ながらうまい言葉だなと思ったんですが（笑）。

私の中には、いつもこの言葉があります。今でもありますね。


（日動ＣＵＲＩＯにてのトーク）

私が一三年間勤めた会社を辞めた理由のひとつはね、今の社会が本当の意味で変わるまで頑張っていたら、こりゃ九十か百歳になる、人生無駄にしちゃうな、と思ったからなの。組織で働くことが嫌いじゃなかったし、もし私が会社で将来的な展望があったら、絶対に辞めなかった。だからこそ普通の女のドラマを書きたい、という思いがあるんです。

何かを持っている人の話、例えば東大を出ているとか、とてつもない美人だとか、具体的に武器になるものを持っている人たちは、私にとってはどうでもいいわけ。興味がないの。そのステイタスがあれば、それで生きていけるんだもの。男なんて何十人たぶらかしてもいいじゃない。少なくともそうできない女の人よりは、はるかに幸せだし。そんな才能すらなくて、明日がくるのかこないのか、わからないと思っている女の人の話を書きたいの。

私も恋が下手で、誰かに背中をポンと押されないときっかけがつかめなくて、けど、一生懸命生きていた。ちょうど今、私が脚本を書いている『ひらり』で言うと、

ＯＬのみのりみたいな女の子だったの。そんな子たちが最終的に夢見るのは、やっぱり結婚だと思うんです。結婚式かもしれないわね。式に憧れる気持ち、私もすごくよくわかるもの。

私自身は、今は結婚は具体的に考えてないって言うか、なんかしないような気がするのね。ある時期に〝男の人と暮らす〟っていうのを、やってみるのはいいかもしれない。

ただね、私こんな早口でポンポンポンポンポンものを言っているわりに、前の日に遅くまで原稿を書いていたからといって翌日、布団の中から「いってらっしゃーい」なんていうのはダメなの。でも朝早く頑張って起きて、ご飯なんかつくっていたら、きっと一週間ももたないな。今でも別居結婚だったら、完璧に奥さんをやれる自信あるけど、そうはいかないですよねぇ。

今の女の子たちって、マスコミが言うほど悪くないでしょ。自分が若かった頃のことや、今の若い人たちのことを考えても、みんな結構真剣に生きてる。好きな人の目線ひとつで悩んだりするのね。私がギャルだった頃と何も変わってないんですよ。だから、私の書いたものも観てもらえるんだと思う。女の子がね、みんなヌードになったり平気で男を騙したりする子だけだったら、私や私以上の年代の人が書いたドラマなんて、見てられないでしょ。だから今の若い人たちって、昔の女たちと同様にピュアだと思う。

テレビって生鮮食品みたいなの。私の書いたセリフが古くさくなっちゃったりね、今の世の中にクロスしなくなってきたら、そりゃあもう見る人はすぐにわかるし、仕事もなくなると思うんです。

そうなっても「お願いします、仕事ください。昔はNHKの『ひらり』を書いてたんですぅ」なんて私、絶対に言わない。だって野暮でしょ、そんなの。いらないと言われてるのにしがみつくなんて死んでも嫌。だから文章を書く世界ではない、全然違う仕事を始めるでしょうね。だけど人生のある時期にね、『想い出にかわるまで』や『クリスマス・イヴ』や『ひらり』が書けた、というのは、ものすごい幸せだったな、と思います。

『ひらり』っていうタイトルは、二十代前半の女の人たちに対するメッセージだったんです。若い人たちが考えて考えて、ドツボにはまっているのを見ていて、切ないと思ったの。私もそうだったから。あるところまで考えたら、あとはもう、何も考えずにひらりと飛べ、という思いがあって。

『ひらり』は主人公の女の子の名前なんだけれども、変なタイトルだから、最初はみんな驚いていた。でも私の中では、絶対にこれで行こう！　って思っていたの。そうしたらドリカムの吉田美和さんがね、私の思いなんて話してないのに
「昔は背負われて渡った小川が　今はひらりと一人で飛べる」

って歌詞を書いてくれて、すごくびっくりしたのよ。

結婚できなかったり、焦ったり、いい仕事がなかったり、他人から見ればたいしたことない事だったとしても、本人からしてみればたかが失恋だって、「生きてんだから、いいじゃない」と言われてもね。それではすまない問題でしょ。

そんな時、つきつめて考えたら、暗くなるから。暗くなったらひとつもいいことない。前向きにひらりと飛んだらラクになるし、ラクになったらいいことが寄ってくるから。私もあの頃、考えずに飛べば良かったなって、思うことあるわ。


（談）

解説

壇蜜〈タレント〉

「内館さんが、支静加《しずか》のことを書いているよ」。少し前の話になるが、秋田にいる祖母と会った時に言われて本を差し出された。本には付箋《ふせん》が貼ってあり、祖母が嬉しそうに「ここ」と見せてくれた。祖母は内館さんのファンであり、秋田生まれの自立した女性として尊敬していたようだ。祖母は30代半ばで夫を病気で亡くし、以来ずっと独りで3人の子供を育てて生きてきた。役場の事務から水商売まで何でもやったという。水商売時代には他店に負けぬように差別化を図ろうとして、己の美貌《びぼう》を和装で飾り、得意のおでんをふるまいながらカラオケで盛り上げるという「おでんパブ」を発案した。未亡人と言われても自立はしていたのだろう。だからこそ内館さんに共感や尊敬の念を抱いていたようだ。２０２０年末に祖母は90歳で亡くなったが、あの世でも久々に再会した亭主には頼らずおでんパブを開業していそう。

一方当時の私は派手な露出に過激な発言が功を奏したから、テレビや雑誌に出はじめた。ありがたいことに世間様に名前は浸透してきたものの、世に出たやり方がやり方だったこともあり、「下品」「教育上よくない」「身の程知らず」等という酷評のオンパレード。気持ちはすっかり「ふぇぇ」となっていた。とあるセレブタレントからは「赤線《あかせん》の娼婦《しょうふ》なんじゃないかしら」と笑われて「赤線、久々に聞いたなぁ。青線じゃないだけましか……いや、ましなのか……？」とすっかりおかしくなっていた。不思議なもので、こういう時は好評は耳に入らず、酷評ばかりが耳に入るものだ。しかし母や祖母は無職と就職を繰り返しフラフラしているうちに男にすがりつくように結婚なんかされては困るという考えの持ち主だったため、この妙な出世には何を言われても「がんばりなさい！」としか返してこなかった。母は今でも現役の保育士であるため、主婦になって幸せな娘というものが想像できなかったという。私も自分の財布に亭主の稼いだ金しか入っていない主婦の自分は想像できなかったが。専業主婦には向き不向きがあるのだ。専業主婦で上手《うま》くできている人も、それは才能。

　内館さんの私に対する評価は「男に寄り添い、駆け落ちを一緒にしてくれそうな女」というものだった。これには恐れ入った。駆け落ちほどドラマティックではないが、男と二人、人目を忍んで逢瀬《おうせ》ができるようにと秘密の隠れ家をもうけた経験があったからだ。「このままでいいわけない」と思いながらも何かの間違いで時は止まらないものかねぇ、と過ごしていた時間が僅《わず》かながらあったのだ。そんな半駆け落ちみたいな状況を今でも愛おしく（自分勝手だが）記憶に残している私には、心中みたいな駆け落ちでもできそうな女という評価は大変光栄だった。内館さんが幼少期に文字書きを褒《ほ》められたのをきっかけに自信が持てたというエピソードにあてはめるなら、駆け落ちの似合う女という称号を与えられて「ふぇぇ」がちょっとだけ「えっへん」に変わった瞬間だ。祖母も「褒められてると思うわ。女性として嫌だって思われてない」と笑ってくれた。ちなみに、内館さんが猫が好きだというのも、我々家族は勝手な親和性を感じていた。

本作、『別れてよかった』は様々な言葉が「別れてよかった」の前にくるだろう。恋人と、仕事と、過去と、友人と、しがらみと、日常と……等々、シーンによって別れたからあったイイコト、について綴《つづ》られている。大人になれば、後ろ髪をひかれて思いとどまる選択肢を選びがちな状況が多くなる。しかし、そこを後ろ髪ごとスパッと切る。抜けたり切れたりした毛に気づいても「切れ毛か抜け毛ですよね？　もう私の一部じゃないですよね？　何か問題でも？」とポーズをとる。私は女性は皆イケイケな女優でなくては生きていても張り合いがないと考える性分なのでこのスタイルは非常に賛同できる。やせ我慢して、陰で落ち込み、弱みは弱みを見せていい場所を確立してから見せましょう、というやせ我慢の作法は身につけていて損はないだろう。

イケイケな女優は虚構の強さからはじまり、それを繰り返すうちに自分の本当の強さにしていく。

今は誰それ構わず様々な感情を世界中に吐露《とろ》できるツールもあるし、それを待つオーディエンスもいるから何でもこぼしていい社会ではある。「見せてよ、語りなよ」の誘惑も世界ぐるみでやって来る。注目されたときの快感はかなりのものだし、運が良ければそのまま生計を立てられる場合だってある。SNSでご飯を食べている人のなんと多いことよ。しかし、見せない。あえて、見せない。そんな内なる修行みたいな行為は、私もいま取り組んでいる真っ最中だ。ブログ以外の発信は基本禁止。やせ我慢もそうだが、自信というものは、言わないこと、耐えること、秘密にしていることからわき上がるのではないのかな、と本書を読みながら思った。

２０１９年に結婚はしたが、週の半分は夫は赤羽《あかばね》の仕事場ですごしている。いわゆる別居婚だ。ここでも「都合よすぎ」と評価される。いいとこ取りのオママゴトか、と言われたりもした。しかしこんな不安定な暮らし、お互いの意見がぶつかって会わない日々が長くなれば上手くいかなくなり別れることになるだろうし、その時に「ざまあみろ」「変わったことしようとして失敗、恥ずかしいな」と言えばいいのにそれまで待てないかなぁ、と笑う余裕も出来た。タレントは不安定な稼業だが一応独りでも食い扶持《ぶち》を稼げるようになった今だからこそ、私は図太く強《したた》かになれたのだ。内館さんもこのままでいいのかともがいて、食い扶持と自信を得た。やはりどんな形であれ食い扶持と自信を得た女にはイイコトがある。イイコトは人それぞれだが。私のイイコトはとにかく図太くなったことだ。心臓にフッサフサの毛が生えているかもしれない。

　しかし、私はマネージャーと事務所に管理されるタレントなので、完全に女として自立しているかと言えばいささか疑問にはなる。事務所があり、そこのマネージャーが私を現場にあてがう準備をする。車から出てきた私はメイクや衣装の力を借りて仕事現場で与えられた仕事をする。私のキャラクターをベースに進行を考えたり、場所や筋書きを用意する者もいる。……これは果たして自立か？　と考えるのだ。しかし、そこでのふるまい、所作、声色、言葉の選び方組み立て方は全て私の頭の中で自由に行われる。それにより被る責任は大きいが、自由な心を駆使《くし》して壇蜜を演じていい。やれ自己実現だセルフマネジメントだ個性を生かせだと言われて育った世代の私は、それに馴染《なじ》めずちょっときつかった。今のようなお膳立てを感謝しつつ心だけ自由に解き放ち、それ同等の責任を感じながら生きるような自立が性に合っている。置かれた場所に咲く小さな自立はこれからも大切にしたい。

好きなもの「産経新聞」'95・7・5
最後の晩餐「産経新聞」'95・7・6
いつか、きっと「ミセス」'94・12
和子さんへ——担当編集者への弔辞「かどかわマンスリー」'94・3
Ⅳ
待つということ——「幸福の黄色いハンカチ」「東京新聞」'91・10・1
顎の線——「セックスと嘘とビデオテープ」「華麗なるギャツビー」「東京新聞」'91・11・1
ダサイ秀作——「３人のゴースト」「東京新聞」'91・11・30
友達の恋人ならば——「スティング」「東京新聞」'92・1・1
恋に狂う女——「危険な情事」「東京新聞」'92・2・1
大論争した映画——「幸福」「東京新聞」'92・2・29
現実逃避——「カイロの紫のバラ」「東京新聞」'92・5・1
ノクターン——「愛情物語」「東京新聞」'92・6・1
希望——「バグダッド・カフェ」「東京新聞」'92・7・1
知恵と才覚——「摩天楼ブルース」「東京新聞」'92・8・1
美男——「プリティ・ウーマン」「グリーン・カード」「東京新聞」'92・9・1
人生を変えた一本——「若ノ花物語　土俵の鬼」「東京新聞」'92・9・30
ジワジワと——「スイート・スイート・ビレッジ」「東京新聞」'92・10・31
オードリーとマリリン——「ローマの休日」「東京新聞」'92・12・1
ゆきつくす処——「炎の人ゴッホ」「東京新聞」'93・1・1
まさしく夢——「夢」「東京新聞」'93・2・1
失った人——「道」「東京新聞」'93・3・1
Ⅴ
私の父、私の母「小説中公」'95・10
ふたりの小三郎「みなと祭りのしおり」'93・7・20
二五〇円のイヤリング「銀座百点」No.461
大学時代「サンデー毎日」'93・10・17
恋文「H_2O」'95・3
横綱鏡里「朝日新聞（夕）」'93・7・26
高校教師「朝日新聞（夕）」'93・7・27
女友達「朝日新聞（夕）」'93・7・28
摩天楼「朝日新聞（夕）」'93・7・29
銀座の老女「朝日新聞（夕）」'93・7・30
私の愛する巨漢「文藝春秋」'93・1
姉弟で寄席通い「国立劇場演芸場」'94・2／3
大連の街「大連日本商工クラブ会報３」'95・8・31
夕暮れのグラウンド「武蔵野美大ラグビー部35周年記念誌」
Ⅵ
暗黒の時代「婦人公論」'94・1
飛ぶのが怖い　不明

＊本書は初出の原稿に一部改題の上、加筆及び訂正しております。

初出一覧（目次順）

Ⅰ
男運「anan」'94・8・12／19
別れ方「Hanako」'93・4・8
都合のいい女「モア」'94・5
別れ話「美しいキモノ」'94・秋
女のセリフ――「私のこと好き？」「女性セブン」'92・5・21
男のセリフ――「何となく安らぐんだ」「女性セブン」'92・5・28
倫ならぬ恋「女性セブン」'96・1・1
セックスレス夫婦「女性自身」'96・3・12
結婚している男「THE 21」'92・11
恋人と別れたあなたへの手紙「日経ウーマン」'93・5
オバサンになりたくないあなたへの手紙「日経ウーマン」'93・6
休むことに焦るあなたへの手紙「日経ウーマン」'93・7
Ⅱ
砂漠の中で「新そば」'94
東京は夫、カイロは愛人「ウインズ」'95・4
毛利元就という男「This is 読売」'96・8
おすすめの股旅本「毎日新聞」'96・6・11
妻の恋「ネットワーク NHK」'95・12
同級生からの電話「This is 読売」'94・6
丸ごとキャベツ「産経新聞」'95・7・3
『ロード』映画「ロード」パンフレット
Ⅲ
友達の結婚式「読売新聞」'94・3・26
人生のめど「読売新聞」'94・4・23
変わり者「読売新聞」'94・5・28
陽はまた昇る「読売新聞」'94・6・25
みじめな思い「読売新聞」'94・7・23
オバサンくさい人「読売新聞」'94・8・27
ケチな女、ケチな男「読売新聞」'94・10・22
禁ガキ車「読売新聞」'94・11・26
続・禁ガキ車「読売新聞」'94・12・24
幸せのたれ流し「読売新聞」'95・1・28
元気が出てくる呪文「読売新聞」'95・2・25
女に好かれず、男に惚れられる女――小説『絹のまなざし』「週刊朝日」'94・6・3
『オペラ座の怪人』「ラ・アルプ」'95・11
とんでもない買い物――過激なハンドバッグ「通販生活」'96・7
６Ｂの鉛筆「東商新聞」'93・8・5
フライパンごはん「産経新聞」'95・7・4

本書は一九九九年十一月に講談社文庫より刊行された
『別れてよかった』を改訂し文字を大きくしたものです。

|著者| 内館牧子　1948年秋田市生まれ、東京育ち。武蔵野美術大学卒業後、13年半のOL生活を経て、1988年脚本家としてデビュー。テレビドラマの脚本に「ひらり」(1993年第1回橋田壽賀子賞)、「てやんでぇッ!!」(1995年文化庁芸術作品賞)、「毛利元就」(1997年NHK大河ドラマ)、「塀の中の中学校」(2011年第51回モンテカルロテレビ祭テレビフィルム部門最優秀作品賞およびモナコ赤十字賞)、「小さな神たちの祭り」(2021年アジアテレビジョンアワード最優秀作品賞) など多数。1995年には日本作詩大賞 (唄：小林旭／腕に虹だけ) に入賞するなど幅広く活躍し、著書に映画化された小説『終わった人』や『すぐ死ぬんだから』『今度生まれたら』『老害の人』、エッセイ『牧子、還暦過ぎてチューボーに入る』ほか多数がある。東北大学相撲部総監督、元横綱審議委員。2003年に大相撲研究のため東北大学大学院入学、2006年修了。その後も研究を続けている。2019年旭日双光章受章。

別《わか》れてよかった 〈新装版《しんそうばん》〉
内館牧子《うちだてまきこ》

2021年5月14日第1刷発行
2024年2月2日第3刷発行

講談社文庫
定価はカバーに表示してあります

発行者——森田浩章
発行所——株式会社 講談社
東京都文京区音羽2-12-21　〒112-8001
電話 出版 (03) 5395-3510
　　 販売 (03) 5395-5817
　　 業務 (03) 5395-3615
Printed in Japan
KODANSHA

デザイン—菊地信義
本文データ制作—講談社デジタル製作
印刷———株式会社KPSプロダクツ
製本———株式会社国宝社
ISBN978-4-06-522752-7

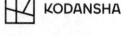

講談社文庫刊行の辞

二十一世紀の到来を目睫に望みながら、われわれはいま、人類史上かつて例を見ない巨大な転換期をむかえようとしている。

世界も、日本も、激動の予兆に対する期待とおののきを内に蔵して、未知の時代に歩み入ろうとしている。このときにあたり、創業の人野間清治の「ナショナル・エデュケイター」への志を現代に甦らせようと意図して、われわれはここに古今の文芸作品はいうまでもなく、ひろく人文・社会・自然の諸科学から東西の名著を網羅する、新しい綜合文庫の発刊を決意した。

激動の転換期はまた断絶の時代である。われわれは戦後二十五年間の出版文化のありかたへの深い反省をこめて、この断絶の時代にあえて人間的な持続を求めようとする。いたずらに浮薄な商業主義のあだ花を追い求めることなく、長期にわたって良書に生命をあたえようとつとめるところにしか、今後の出版文化の真の繁栄はあり得ないと信じるからである。

同時にわれわれはこの綜合文庫の刊行を通じて、人文・社会・自然の諸科学が、結局人間の学にほかならないことを立証しようと願っている。かつて知識とは、「汝自身を知る」ことにつきていた。現代社会の瑣末な情報の氾濫のなかから、力強い知識の源泉を掘り起し、技術文明のただなかに、生きた人間の姿を復活させること。それこそわれわれの切なる希求である。

われわれは権威に盲従せず、俗流に媚びることなく、渾然一体となって日本の「草の根」をかたちづくる若く新しい世代の人々に、心をこめてこの新しい綜合文庫をおくり届けたい。それは知識の泉であるとともに感受性のふるさとであり、もっとも有機的に組織され、社会に開かれた万人のための大学をめざしている。大方の支援と協力を衷心より切望してやまない。

一九七一年七月

野間省一

講談社文庫　目録

講談社文庫　目録

織守《おりがみ》きょうや　霊感検定
織守きょうや　霊感検定〈心霊アイドルの憂鬱〉
織守きょうや　霊感検定〈春にして君を離れ〉
織守きょうや　少女は鳥籠《とりかご》で眠らない
おーなり由子　きれいな色とことば
岡崎琢磨　病弱探偵〈謎は彼女の特効薬〉
小野寺史宜《ふみのり》　その愛の程度
小野寺史宜　近いはずの人
小野寺史宜　それ自体が奇跡
小野寺史宜　縁《ゆかり》
小野寺史宜　ともかくにもごはん
大崎　梢　横濱エトランゼ
太田哲雄　アマゾンの料理人〈世界一の"美味しい"を探して僕が行き着いた場所〉
小竹正人　空に住む
岡本さとる　駕籠屋《かごや》春秋　新三《しんざ》と太十《たじゅう》
岡本さとる　質屋の娘〈駕籠屋春秋　新三と太十〉
岡本さとる　雨やどり〈駕籠屋春秋　新三と太十〉
岡崎大五　食べるぞ！世界の地元メシ
荻上直子　川つぺりムコリッタ

小原周子　留子さんの婚活
海音寺潮五郎　新装版 江戸城大奥列伝
海音寺潮五郎　新装版 孫子(上)(下)
海音寺潮五郎　新装版 赤穂義士
加賀乙彦　新装版 高山右近
加賀乙彦　ザビエルとその弟子
加賀乙彦　殉教者
加賀乙彦　わたしの芭蕉
柏葉幸子　ミラクル・ファミリー
勝目　梓　小説家
桂　米朝　米朝ばなし〈上方落語地図〉
笠井　潔　梟《ふくろう》の巨《おお》なる黄昏《たそがれ》
笠井　潔　青銅の悲劇(上)(下)〈瀕死の王〉
笠井　潔　転生の魔〈私立探偵飛鳥井の事件簿〉
川田弥一郎　白く長い廊下
神崎京介　女薫の旅 放心とろり
神崎京介　女薫の旅 耽溺《たんでき》まみれ
神崎京介　女薫の旅 秘に触れ
神崎京介　女薫の旅 禁の園へ

神崎京介　女薫の旅 欲の極み
神崎京介　女薫の旅 青い乱れ
神崎京介　女薫の旅 奥に裏に
神崎京介　I LOVE
加納朋子　ガラスの麒麟〈新装版〉
角田光代　まどろむ夜のUFO
角田光代　恋するように旅をして
角田光代　人生ベストテン
角田光代　ロック母
角田光代　彼女のこんだて帖
角田光代　ひそやかな花園
角田光代 石田衣良 ほか　こどものころにみた夢
川端裕人　せちやん〈星を聴く人〉
川端裕人　星と半月の海
片川優子　ジョナさん
神山裕右　カタコンベ
神山裕右　炎の放浪者
加賀まりこ　純情ババアになりました。
門田隆将　甲子園への遺言〈伝説の打撃コーチ高畠導宏の生涯〉

講談社文庫　目録

講談社文庫　目録

京極夏彦　文庫版　狂骨《きょうこつ》の夢《ゆめ》
京極夏彦　文庫版　鉄鼠《てっそ》の檻《おり》
京極夏彦　文庫版　絡新婦《じょろうぐも》の理《ことわり》
京極夏彦　文庫版　塗仏《ぬりぼとけ》の宴《うたげ》—宴の支度
京極夏彦　文庫版　塗仏の宴—宴の始末
京極夏彦　文庫版　百鬼夜行—陰
京極夏彦　文庫版　百器徒然袋—雨
京極夏彦　文庫版　百器徒然袋—風
京極夏彦　文庫版　今昔続百鬼—雲
京極夏彦　文庫版　陰摩羅鬼《おんもらき》の瑕《きず》
京極夏彦　文庫版　邪《じゃ》魅《み》の雫
京極夏彦　文庫版　今昔百鬼拾遺—月
京極夏彦　文庫版　死ねばいいのに
京極夏彦　文庫版　ルー＝ガルー〈忌避すべき狼〉
京極夏彦　文庫版　ルー＝ガルー2〈インクブス×スクブス　相容れぬ夢魔〉
京極夏彦　文庫版　地獄の楽しみ方
京極夏彦　分冊文庫版　姑獲鳥《うぶめ》の夏(上)(下)
京極夏彦　分冊文庫版　魍魎《もうりょう》の匣《はこ》(上)(中)(下)
京極夏彦　分冊文庫版　狂骨《きょうこつ》の夢《ゆめ》(上)(中)(下)
京極夏彦　分冊文庫版　鉄鼠《てっそ》の檻《おり》　全四巻
京極夏彦　分冊文庫版　絡新婦《じょろうぐも》の理《ことわり》　全四巻
京極夏彦　分冊文庫版　塗仏《ぬりぼとけ》の宴《うたげ》　宴の支度《したく》(上)(中)(下)
京極夏彦　分冊文庫版　塗仏《ぬりぼとけ》の宴《うたげ》　宴の始末《しまつ》(上)(中)(下)
京極夏彦　分冊文庫版　陰摩羅鬼《おんもらき》の瑕《きず》(上)(中)(下)
京極夏彦　分冊文庫版　邪魅《じゃみ》の雫(上)(中)(下)
京極夏彦　分冊文庫版　ルー＝ガルー〈忌避すべき狼〉(上)(下)
京極夏彦　分冊文庫版　ルー＝ガルー2〈インクブス×スクブス　相容れぬ夢魔〉(上)(下)
北森　鴻　親不孝通りラプソディー
北森　鴻　花の下にて春死なむ〈香菜里屋シリーズ1〈新装版〉〉
北森　鴻　桜　　宵〈香菜里屋シリーズ2〈新装版〉〉
北森　鴻　螢　　坂〈香菜里屋シリーズ3〈新装版〉〉
北森　鴻　香菜里屋を知っていますか〈香菜里屋シリーズ4〈新装版〉〉
北村　薫　盤　上　の　敵〈新装版〉
木内一裕　藁　の　楯
木内一裕　水の中の犬
木内一裕　アウト＆アウト
木内一裕　キ　ッ　ド
木内一裕　デッドボール
木内一裕　神様の贈り物
木内一裕　喧　嘩　猿
木内一裕　バードドッグ
木内一裕　不　愉　快　犯
木内一裕　嘘ですけど、なにか？
木内一裕　ドッグレース
木内一裕　飛べないカラス
木内一裕　小　麦　の　法　廷
木内一裕　ブラックガード
北山猛邦　『クロック城』殺人事件
北山猛邦　『アリス・ミラー城』殺人事件
北山猛邦　私たちが星座を盗んだ理由
北山猛邦　さかさま少女のためのピアノソナタ
北　康利　白洲次郎　占領を背負った男(上)(下)
貴志祐介　新世界より(上)(中)(下)
岸本佐知子 編訳　変《ヘン》愛《アイ》小　説　集
岸本佐知子 編　変愛小説集　日本作家編
木原浩勝　文庫版　現世《うつしよ》怪談(一)　主人の帰り
木原浩勝　文庫版　現世怪談(二)　白刃の盾

木原浩勝　増補改訂版もう一つの「バルス」〈―宮崎駿と『天空の城ラピュタ』の時代―〉
木原浩勝　増補改訂版ふたりのトトロ〈―宮崎駿と『となりのトトロ』の時代―〉
喜国雅彦　国樹由香　メフィストの漫画
喜国雅彦　国樹由香　本格力〈本棚探偵のミステリ・ブックガイド〉
清武英利　石つぶて〈警視庁　二課刑事の残したもの〉
清武英利　しんがり〈山一證券　最後の12人〉
清武英利　トッカイ〈不良債権特別回収部〉
喜多喜久　ビギナーズ・ラボ
岸見一郎　哲学人生問答
木下昌輝　つわもの
黒岩重吾　新装版 古代史への旅
栗本　薫　新装版 ぼくらの時代
黒柳徹子　窓ぎわのトットちゃん 新組版
倉知　淳　新装版 星降り山荘の殺人
熊谷達也　浜の甚兵衛
倉阪鬼一郎　八丁堀の忍
倉阪鬼一郎　八丁堀の忍(二)〈大川端の死闘〉
倉阪鬼一郎　八丁堀の忍(三)〈遥かなる故郷〉
倉阪鬼一郎　八丁堀の忍(四)〈隻腕の抜け忍〉

倉阪鬼一郎　八丁堀の忍(五)〈討伐隊、動く〉
倉阪鬼一郎　八丁堀の忍(六)〈死闘、裏伊賀〉
黒田研二　神様の思惑
黒木　渚　壁の鹿
黒木　渚　本性
黒木　渚　檸檬の棘
久坂部　羊　祝葬
黒澤いづみ　人間に向いてない
久賀理世　奇譚蒐集家　小泉八雲〈白衣の女〉
久賀理世　奇譚蒐集家　小泉八雲〈終わりなき夜に〉
雲居るい　破《は》蕾《らい》
鯨井あめ　晴れ、時々くらげを呼ぶ
鯨井あめ　アイアムマイヒーロー！
窪　美澄　私は女になりたい
くどうれいん　うたうおばけ
黒崎視音　マインド・チェンバー〈警視庁心理捜査官〉
決戦！シリーズ　決戦！関ヶ原
決戦！シリーズ　決戦！大坂城
決戦！シリーズ　決戦！本能寺

決戦！シリーズ　決戦！川中島
決戦！シリーズ　決戦！桶狭間
決戦！シリーズ　決戦！関ヶ原2
決戦！シリーズ　決戦！新選組
決戦！シリーズ　決戦！賤ヶ岳
決戦！シリーズ　決戦！忠臣蔵
決戦！シリーズ　風雲〈戦国アンソロジー〉
小峰　元　アルキメデスは手を汚さない
今野　敏　ST 警視庁科学特捜班 エピソード1〈新装版〉
今野　敏　ST 警視庁科学特捜班 毒物殺人〈新装版〉
今野　敏　ST 警視庁科学特捜班〈黒いモスクワ〉
今野　敏　ST 警視庁科学特捜班〈青の調査ファイル〉
今野　敏　ST 警視庁科学特捜班〈赤の調査ファイル〉
今野　敏　ST 警視庁科学特捜班〈黄の調査ファイル〉
今野　敏　ST 警視庁科学特捜班〈緑の調査ファイル〉
今野　敏　ST 警視庁科学特捜班〈黒の調査ファイル〉
今野　敏　ST 為朝伝説殺人ファイル〈警視庁科学特捜班〉
今野　敏　ST 桃太郎伝説殺人ファイル〈警視庁科学特捜班〉
今野　敏　ST 沖ノ島伝説殺人ファイル〈警視庁科学特捜班〉

講談社文庫　目録

酒井順子　朝からスキャンダル
酒井順子　忘れる女、忘れられる女
酒井順子　次の人、どうぞ！
酒井順子　ガラスの50代
佐野洋子　嘘ばっか〈新釈・世界おとぎ話〉
佐野洋子　コッコロから
佐川芳枝　寿司屋のかみさん　サヨナラ大将
笹生陽子　ぼくらのサイテーの夏
笹生陽子　きのう、火星に行った。
笹生陽子　世界がぼくを笑っても
沢木耕太郎　一号線を北上せよ〈ヴェトナム街道編〉
佐藤多佳子　一瞬の風になれ　全三巻
佐藤多佳子　いつの空にも星が出ていた
笹本稜平　駐在刑事
笹本稜平　駐在刑事　尾根を渡る風
西條奈加　世直し小町りんりん
西條奈加　まるまるの毬《いが》
西條奈加　亥子《いのこ》ころころ
佐伯チズ　改訂完全版　佐伯チズ式「完全美肌バイブル」〈123の肌悩みにズバリ回答！〉

斉藤　洋　ルドルフとイッパイアッテナ
斉藤　洋　ルドルフともだちひとりだち
佐々木裕一　公家武者信平《のぶひら》〈消えた狐丸〉
佐々木裕一　逃げた名馬〈公家武者信平(二)〉
佐々木裕一　比叡山の鬼〈公家武者信平(三)〉
佐々木裕一　公《く》卿《ぎょう》の罠《わな》〈公家武者信平(四)〉
佐々木裕一　狙われた旗本〈公家武者信平(五)〉
佐々木裕一　赤い刀身〈公家武者信平(六)〉
佐々木裕一　帝《みかど》の刀《とう》匠《しょう》〈公家武者信平(七)〉
佐々木裕一　若君の覚悟〈公家武者信平(八)〉
佐々木裕一　くもの頭領〈公家武者信平(九)〉
佐々木裕一　宮中の誘い〈公家武者信平(十)〉
佐々木裕一　雲《ひ》雀《ばり》の太刀〈公家武者信平(十一)〉
佐々木裕一　決着の鬨《とき》〈公家武者信平(十二)〉
佐々木裕一　姉妹の絆〈公家武者信平(十三)〉
佐々木裕一　町くらべ〈公家武者信平(十四)〉
佐々木裕一　狐のちょうちん〈公家武者信平ことはじめ(一)〉
佐々木裕一　姫のため息〈公家武者信平ことはじめ(二)〉
佐々木裕一　四谷の弁慶〈公家武者信平ことはじめ(三)〉

佐々木裕一　暴れ公卿〈公家武者信平ことはじめ(四)〉
佐々木裕一　千石の夢〈公家武者信平ことはじめ(五)〉
佐々木裕一　妖《あや》し火〈公家武者信平ことはじめ(六)〉
佐々木裕一　十万石の誘い〈公家武者信平ことはじめ(七)〉
佐々木裕一　黄《よ》泉《み》の女〈公家武者信平ことはじめ(八)〉
佐々木裕一　将軍の宴〈公家武者信平ことはじめ(九)〉
佐々木裕一　宮中の華〈公家武者信平ことはじめ(十)〉
佐々木裕一　乱れ坊主〈公家武者信平ことはじめ(十一)〉
佐々木裕一　領地の乱〈公家武者信平ことはじめ(十二)〉
佐々木裕一　赤坂の達磨《だるま》〈公家武者信平ことはじめ(十三)〉
佐々木裕一　将軍の首〈公家武者信平ことはじめ(十四)〉
佐藤　究《きわむ》　Q　J　K　J　Q
佐藤　究　A　n　k〈a mirroring ape〉
佐藤　究　サージウスの死神
佐野　晶　三田紀房・原作　小説アルキメデスの大戦
澤村伊智　恐怖小説キリカ
さいとう・たかを　戸川猪佐武　原作　歴史劇画　大宰相〈第一巻　吉田茂の闘争〉
さいとう・たかを　戸川猪佐武　原作　歴史劇画　大宰相〈第二巻　鳩山一郎の悲運〉
さいとう・たかを　戸川猪佐武　原作　歴史劇画　大宰相〈第三巻　岸信介の強腕〉

2023年12月15日現在